KB272042

이런 건 왜 또 기막히게 생각나서

이런 건 왜 또 기막히게 생각나서

이런 건 왜 또 기막히게 생각나서

어쩌다
평론가가 된
음악 덕후 아저씨의
서른 가지 플레이리스트

배순탁
에세이

프롤로그

버스 안에서 시작된 책

"중요한 건 행동 그 자체야."

영화 〈히트〉(1995)에 나오는 대사다. 이 말을 믿는다. 그렇다. 그냥 하는 거다. 저스트 두 잇. 내가 나이키가 되었다 생각하고 실천하는 거다. 하나 더 있다. 단발성에 그쳐서는 안 된다. 〈경향신문〉에 쓰는 내 칼럼의 제목처럼 반복하고 누적해야 한다. 그 지겨운 인고의 시간을 견뎌낸 자에게 결실은 가까스로 맺히는 것이리라.

결정적인 문제가 있다. 내가 그렇게 부지런한 타입의 인간이 아니라는 점이다. 그렇다면 방법은 하나뿐이다. 강제를 거는 것이다. 정확하게 말하면 나에게 강제를 부여할 기회만큼은 거절하지 않는 것이다. 돌이켜보면 우리는 스스로에게 거는 강제를 기가 막히게 어기면서 살았다. 이유는 별거 없다. 뭐라고 할 사람이 없기 때문이다. 반면, 타인이 거는 강제는 대부분 참 잘 지킨다. 아침에 일어나 피곤한 몸을 부여잡고 학교에 가거나 회사에 출근한다. 세상은 이 강제를 여러 가지 다른 말로 부른다. 그중 하나가 바로 '마감'이다.

2019년, 집으로 귀가하는 버스 안이었다. 《AROUND》 측에서 전화가 왔다. 칼럼을 기고해 달라는 것이었다. 단발성이었는데 이게 편집진의 마음에 들어서 계속 쓰게 되었는지, 애초에 연재 형식이었는지는 떠오르지 않는다. 어쨌든 그것은 거절할 수 없는 제안이었다. 일단 덥석 물고, 강제의 힘에 나를 맡기기로 했다. 이것이 인연이 되어 제법 오랜 시간이 흘렀다. 이 글들을 묶어 책으로 낸다.

돌이켜보면 음악에 대한 글쓰기를 업으로 삼은 지 어느덧 20년의 세월이 흘렀다. 그래서일까. 실수로 올라탔다가 내릴 이유가 없어 계속 타게 되는 열차에 있는 건 아닐까 싶은 순간도 가끔 없지 않다. 그럼에도, 축복이라 여기면서 글을 쓰고, 또 썼다. 살다 보면 내가 택한 이 길이 맞는지 의심스럽고, 두려울 때가 종종 찾아온다. 그런 순간이 닥치면 내 경험상 해결책은 하나뿐이다. 다름 아닌 그걸 계속해서 하는 것이다. 글쓰기도 마찬가지다.

어느새 2026년이다. 현재 내가 느끼는 감정은 자부심과 겸손의 평안한 공존이다. 설명하자면 이렇다. 자부심이 지나치면 재수 없는 인간되기 딱 좋다. 겸손이 과하면 호구되기 십상이다. 그러니까, 이 둘을 마치 정신의 이중국적처럼 내면화해야 한다. 나는 내가 글을 못 쓴다고 전혀 생각하지 않는다. 동시에 나보다 글 잘 쓰는 사람이 이 세상에 수없이 많다는 진실을 완전하게 인정한다.

글을 쓰고 책을 내는 것이란 이를테면 유예의 가능성을 살피는 행위다. 모든 글 쓰는 사람은 글과 책을 통해 일을 위한 기회의 연장을 갈망한다. "이것만 다 하면 무조건 쉴 거야." 결심하다가도 딱 한 달만 일이 끊기면 "대체 왜 청탁을 안 하지?" 불안에 떠는 게 글 쓰는 사람의 숙명이다.

소원컨대 발간되고 한 달 안에 원고 의뢰가 두 건만 더 들어왔으면 좋겠다. 세 건이면 책상에서 벌떡 일어나 만세삼창을 할 수도 있다. 이 원고를 모으면 훗날 또 다른 책이 된다. 앞서 강조한 강제의 힘이다. 《AROUND》 편집부도 새겨듣기 바란다. 나처럼 마감 잘 지키는 글쟁이 그렇게 많지 않다. 그러니까 부디 나를 구속해달라.

이 책은 소설이 아니다. 전체를 관통하는 특정 컨셉트 역시 없다. 따라서 처음부터 순서대로 읽을 필요는 없다. 주제를 먼저 보고, 마음이 끌리는 것부터 선택하면 된다. 글마다 노래 몇 곡을 붙였다. 플레이리스트로 활용하기에 나쁘지 않을 것이다.

책을 내기까지 우여곡절이 꽤 있었다. 《AROUND》 편집부와 편집자에게 고개 숙여 고마움을 전한다. 최대한 빠른 시일에 감사의 의미로 스시 오마카세를 쏠 것이다. 책이 많이 팔릴수록 식당 레벨은 자연스럽게 올라간다. 독자 여러분의 선택을 기다린다.

배순탁

목차

프롤로그

01 일상과 생활

드링크 017

소비 025

작업실 031

공간 039

음악 049

집 059

운동 065

잠 073

음식 081

커피 091

02 감정과 기억

가족 101

편지 109

결혼 115

건강 123

아름다움 131

기록 141

글쓰기 151

언어 159

드라마 167

서울 175

03 취향과 예술

취미 185

수집 193

영화 201

요리 209

예술 217

예술가의 방 225

빈티지 233

패션 241

문구 249

나들이 257

일러두기

1 음반 제목은 [ ]로, 곡은 ' '로, 영화는 〈 〉로, 도서는
《 》로 표시합니다.

2 이 책에 실린 가사는 한국음악저작권협회의 복제 허가를
받았습니다.

3 이 책에 실린 도서·인터뷰 인용문은 관련 출판사·매체의
재수록 허가를 받았습니다.

4 아래 큐알 코드에는 이 책에 언급된 모든 노래가
담겼습니다. 음악과 함께 책을 감상하길 권합니다.

유튜브

스포티파이

01

애정을 바탕으로 선호하는 것 하나라도 지닌
인생의 궤적과 하나도 지니지 못한 인생의 궤적은
(지금 보기에 미미할지 몰라도) 시간이 흐르고 난
뒤에는 꽤나 큰 차이를 그리게 된다는 것이다.

— 〈드링크〉 중에서

일상과 생활

드링크

술 다음엔 커피 그리고 음악

맥주를 좋아한다. 그 목 넘김의 쾌감을 사랑한다. 소주도 가끔 마시긴 한다. 예를 들어 어복쟁반을 안주로 시켰는데 맥주를 마시는 건 어복쟁반에 대한 예의가 아니다. 어느새 여름이 다 지났다. 날은 곧 서늘해질 것이다. 서늘해지면 어복쟁반만큼 매력적인 음식도 몇 없다.

　　맥주를 즐기는 나의 패턴은 대략 다음과 같다. 일주일에 집에서 대략 2, 3회, 밖에서는 한 달에 한 번 정도 맥주를 마신다. 과음을 하는 건 역시 밖에서 마실 때다. 한데 나에겐 아주 안 좋은 습관이 있다. 내 주변 사람들은 거의 다 포기했는데, 밖에서 술만 마셨다 하면 어떻게든 '음악 바'에 가서 음악을 들어야 하는, 매우 기괴한 강박을 지니고 있다. 사정을 설명하자면 이렇다. 집에서 술 마시며 듣는 것과 바에서 듣는 음악이 같을 수는 없다는 것이다. 우선 방음 장치 하나 제대로 안 되어 있는 집에서 음악을 감상하다 보면 무엇보다 볼륨에 아쉬움이 남을 수밖에 없다. 알코올 섭취량과 소리의 볼륨을 향한 욕망은 정확하게 정비례한다. 술이 쭉쭉 들어가면 음악 팬을 자처하는 인간은 대개 더 큰 소리를 원하게 되어 있다. 나도 안다. 헤드폰이라는 대안이 있다는 사실을 모르지 않는다. 그러나 헤드폰을 오래 쓰면 귀가 아프다는 치명적인 단점이 존재한다. 나는 게임을 할 때도, 길을 걸을 때도 헤드폰이나 이어폰을 착용한다. 따라서 귀의 컨디션을 위해서라도 어떻게든 대안을 마련해야 한다. 물론 이것은 어설픈 변명이다. 구멍 난 알리바이다. 그저 술 취하면 음악이 듣고 싶고, 그 음악을 빵빵한 사운드로 즐기고 싶을 뿐이다.

이렇게 맥주와 음악을 즐기고 나면 다음 날 남는 건 아무래도 숙취와 후회뿐이다. 그래도 괜찮다. 우리에겐 비장의 무기, 커피가 있다. 출근과 동시에 구입한 아이스 아메리카노를 한 모금 쭉 빨면 정신이 서서히 제 위치로 원대 복귀를 시작한다. 그렇다고 아무 커피나 마시는 건 절대 아니다. '별다방' 커피는 너무 쓰고 탄 맛이 과하게 난다. '폴 바셋' 쪽이 내 입맛에는 더 맞다. 내가 가장 자주 가는 폴 바셋은 MBC 사옥 1층에 있다. 특별한 경우가 아니라면 내 선택은 언제나 '폴 바셋 룽고'다. 프랜차이즈 중에서는 폴 바셋이 그래도 진하고, 고소하고, 신맛이 적절히 살아있는 좋은 커피라고 생각한다.

　　맥주나 커피와 관련된 곡은 역사적으로 부지기수다. 그중에서도 맥주를 마시며 들으면 더 흥이 날 게 분명한 음악, 커피와 어울릴 만한 음악을 골라봤다. 맥주는 친구와의 수다가, 커피는 책 한 권이 더해지면 좋을 것이다.

'Chicken Fried'
Zac Brown Band

역시 이 노래가 가장 먼저 떠오른다. 그래미상까지
수상한 잭 브라운 밴드의 곡으로, 가사부터가 그야말로
맥주를 부른다. 노랫말을 먼저 읽는다.

"금요일 밤엔 역시 시원한 맥주 한잔과
프라이드치킨이지 / 핏이 좋은 청바지를 입고,
라디오 볼륨을 높이자고."

어떤가. 곧장 전화기를 들고 뭔가 막 들뜬 목소리로
주문하고 싶지 않나. "여기 치킨 한 마리요." 잭 브라운
밴드는 미국 출신이니까 나라면 보스턴의 명품 라거
맥주 '새뮤얼 애덤스Samuel Adams'를 선택해 치킨과
함께할 것이다. 치킨에 새뮤얼 애덤스라니
생각만으로도 군침이 도는 황홀한 광경이다.
단, 치킨은 미국이 아닌 한국산이어야만 한다. 미국에
가서 맛있다는 치킨 먹어봤는데 치킨은 역시 코리안
프라이드가 세계 제일이다.

'맥주는 술이 아니야'
바비빌

한국에도 맥주 노래는 있다. 쿨의 '맥주와 땅콩'이 있고,
키썸의 '맥주 두 잔'도 널리 알려진 음악 중 하나다.
이외에도 인터넷에 '맥주 노래'라고 치면 꽤 많은
가수의 곡을 찾을 수 있다. 컨트리 밴드 바비빌의
'맥주는 술이 아니야'는 그중 내가 최고로 치는
음악이다. 이 곡에서 그는 성인이 되기 전 아버지에게
배운 맥주 한잔을 꽤나 절절하게 노래한다. 한데 맥주가
술이 아니라고 주장한 건 바비빌만은 아니었다.
올리비아 랭Olivia Laing은 《작가와 술》이라는
책에 이렇게 썼다.

"피츠제럴드는 당시에 맥주는 술로 치지도 않았다.
술을 마시지 않는다는 것은 진을 안 마신다는
의미였을 테고, 진을 안 마시는 대신에 하루에
맥주를 스무 병쯤 들이켰다."♦

하하. 어디 가서 애주가라고 하기가 겁난다. 어쨌든
이 책, 너무 재미있어서 하루 만에 뚝딱 읽어버렸다.
술이라는 뮤즈가 위대한 작가들에게 어떤 방식으로
영감을 제공했는지 알고 싶다면 꼭 읽어보길 권한다.

물론 지나친 음주는 건강에 해롭다는 사실을 명심하자.

나도 맥주를 다섯 병 이상 마시는 건 해봤자

한 달에 한 번 정도다.

'Falling In Love At A Coffee Shop'
Landon Pigg

이 곡, 제목 그대로 커피숍에서 처음 들었다. 진짜다. 멜로디가 마음에 쏙 들어 스마트폰 앱으로 곧장 찾아낸 기억이 지금도 생생하다. 팝에 조금이라도 관심 있는 사람이라면 어디선가 들어봤을 것이다. 글쎄. 커피숍 주인을 해볼 계획은 없지만 혹시라도 커피숍을 차린다면 이 곡을 매일 아침 첫 곡으로 틀면서 문을 열고 싶다. 가게 안이 따뜻한 공기로 꽉 찰 것이다.

"예전엔 몰랐죠 / 내가 좋아하는 오래된 이 커피숍에서 이렇게 사랑에 빠질 줄은 / 정말 몰랐어요."

가사처럼 사랑에 빠진 연인이 있고, 그 연인을 흐뭇하게 바라보며 커피를 내리는 사장님이 지금도 어딘가에 있을 것이다. 이렇게 이 곡은 듣는 사람으로 하여금 한 폭의 그림 같은 풍경을 그리게 만든다.
아름다운 노래가 대개 이렇다.

"맥주든 커피든 거기서 거기야. 그냥 마셔."라고 퉁명스럽게 말하는 사람들을 가끔 본다. 그런 논리라면 어디 가서 "프라이드치킨은 한국이 1등이야."라고

주장하면 안 된다. 아니, 그보다 내가 강조하고 싶은
핵심은 이런 거다. 그것이 음악이든, 맥주든, 커피든
상관없다. 애정을 바탕으로 선호하는 것 하나라도 지닌
인생의 궤적과 하나도 지니지 못한 인생의 궤적은 (지금
보기에 미미할지 몰라도) 시간이 흐르고 난 뒤에는 꽤나
큰 차이를 그리게 된다는 것이다.

우리는 모두 끝없이 반복되는 일상이라는, 감각적인
노예 상태를 벗어나기 어렵다. "내일이라고 뭐
달라질까." 싶은, 일종의 무기력증인 셈이다.
이 무기력증을 견디게 해주는 것, 뭐 거창한 게 아니다.
맛있는 맥주나 커피 한잔이면 된다.

바이닐광을 위한 성지

요컨대, 나는 또 소비했다. 한자로 하면 消費(사라질 소, 쓸 비). 무언가를 써서 없앴다는 뜻이다. 여기에서 '무언가'가 뜻하는 바는 분명하다. 돈이다. 화폐다. 내 통장 잔고의 일부다. 잔고는 줄어들기도 하고, 늘기도 한다. 월급이 들어오면 늘고, 그 뒤부터는 쭉 빠지다가 그다음 달 월급이 들어오면 다시 늘어난다. 이 무한궤도는 족쇄다. 은퇴하는 순간까지 짊어지고 가야 할 운명이다.

이 가혹한 운명 속에서 우리는 저항한다. 무기는 '조금은 다른' 소비다. 살아가는 데 필수적인 항목을 사고 난 뒤의 여분으로 우리는 운명에 맞선다. 이거 참, 초라하기 짝이 없지만 없는 것보다는 낫다. 나는 이 여분을 어떻게 쓰느냐에 따라 인생의 결이 꽤 달라진다고 믿는 쪽이다. 지금부터 이걸 '취향에 기반한 소비'라 부르기로 한다. 그런데 취향에 기반한 소비에는 기능이 하나 있다. 바로 묘한 위로의 기능이다.

나를 한번 예로 들어보자. 나는 보통 LP라 부르는 바이닐을 산다. 이유는 음악을 듣기 위함이지만 그렇지 않기도 하다. 솔직히 고백하면 사놓고 비닐도 뜯지 않은 바이닐이 우리 집에는 꽤 많다. 이게 대체 무슨 짓이냐고 반문할지도 모른다. 변호하자면 이렇다. 산다는 행위가 주는 만족이 분명히 있다는 거다. LP를 '내돈내산' 하는 과정을 거치며 나는 위로받는다. 시간이 이렇게 흘렀는데도 여전히 음악을 좋아하는구나 싶은 안정감을 느낀다. 이 안정감은 나에게 매우 중요하다. 내 직업 윤리를 유지해 주는 원천과도 같다. 하긴, '음반을 사지 않는 음악 평론가'라는 건 아무래도 좀 모순이다. 뭐, 바이닐 안 사도 음악 평론가를 못 하는 건 아니지만 나에게는 어쩔 수 없다. 음악 평론가는 기본적으로 음악을 넘어 음반 애호가여야 한다. 애호는 취향의 구체적 결과일 때 의미 있다. 이걸 잊으면 안 된다.

단점이 없는 건 아니다. 무엇보다 이사할 때 주의하기 바란다. 이삿짐센터 직원이 책보다 증오하는 게 바이닐이다. 바이닐은 관리하기도 귀찮다. 열에 민감하기 때문에 서늘한 곳에 보관하면서 주기적으로 닦아주기까지 해야 한다. 우리 집에는 책이 만화책까지 합쳐서 대략 오천 권, CD는 만 장 이상, 바이닐은 천 장 이상 있다. 이삿짐센터에 웃돈 얹어주지 않고는 이사는 꿈도 못 꾼다. 글을 쓴 김에 내가 모은 바이닐을 쭉 한번 둘러본다. 왠지 모르게 미소가 지어지는 게 아직도 정신 못 차린 듯하다. 다음은 정신 못 차린 한 아재가 내돈내산 한 바이닐 목록의 일부다. 물론 비닐은 여전히 뜯기지 않은 상태라고 한다.

[Siamese Dream](1993)
The Smashing Pumpkins

세상은 스매싱 펌킨스 최고 걸작으로 보통 [Mellon Collie and the Infinite Sadness]를 꼽는다. 1995년 공개된 3집으로 저 유명한 '1979'가 이 음반에 실려 있다. 그러나 CD로는 두 장, LP로는 네 장으로 구성된 3집에는 치명적인 약점이 있다. 구심력이 약하다는 거다. 2집 [Siamese Dream]은 다르다. 정말이지 콤팩트해서 빠지는 곡이라고는 없다. 그중에서도 내가 가장 애정하는 스매싱 펌킨스의 곡 두 개가 이 앨범에 수록돼 있다. 'Mayonaise'와 'Disarm'이다.

결론은 이렇다. 나는 스매싱 펌킨스의 전성기를 대변하는 1, 2, 3집 중 2집만 바이닐로 갖고 있는 건 아니다. 1, 2, 3집 몽땅 다 갖고 있다. 스매싱 펌킨스 음악이 갑자기 당기면 어떻게 하는지 궁금할 것이다. 걱정 마시라. 바이닐의 비닐을 뜯지 않아도 문제없다. 우리에겐 애플이 있다. 멜론이 있다. 스포티파이가 있다. 심지어 CD로도 소장하고 있기에 문제는 전혀 없다. 어쩌다 이런 인생이 되었는지 이젠 나도 모르겠다.

[The Studio Collection](2015)
Queen

퀸의 박스 세트다. 전 앨범이 다 들어 있다. 나는 박스
세트에 아주 특별한 추억을 갖고 있다. 2016년 〈마이
리틀 텔레비전〉이라는 방송에 출연했을 때였다. 방송은
나보다 더 지독한 LP 수집광인 하세가와 요헤이 a.k.a.
양평이 형과 함께 나와서 갖고 있는 LP를 보여주는
식으로 진행됐다. 그중 내가 챙겨 간 데이비드
보위David Bowie 박스 세트가 있었다. 김구라 씨가 그걸
보더니 "야~ 그거 그냥 뜯자 배 작가~." 해서 그냥
뜯었다. 한데 방송 뒤에 김구라 씨가 세트를 강제로
뜯게 했다고 비판을 받고 있는 거였다. 〈라디오스타〉에
나가서도 얘기했지만 이 지면을 통해 다시 한번
강조한다. 나는 괜찮다. 김구라 씨는 죄 없다.

퀸 박스 세트는 발매되자마자 샀다. 그러고는 그대로
뒀다. 솔직히 고등학교 시절부터 퀸 음악은 너무 많이
들었다. 〈마이 리틀 텔레비전〉 같은 경우가 발생하지
않는 한 뜯어서 턴테이블 위에 올릴 계획은 없다.
그저, 음악을 향한 내 애정의 증거로만 남는다면
그것으로 충분하다.

[Fine Line](2019)
Harry Styles

슈퍼스타 해리 스타일스의 2집이다. 음반에서 해리 스타일스는 로커 기질을 본격적으로 드러내면서 화제를 모았다. 인터뷰에 따르면 데이비드 보위가 이상향이라고 한다. 한데 비단 음악만은 아니다. 이 앨범은 커버도 끝내주게 멋있다. 게다가 비닐을 뜯으면 더 예술이다. 패션 리더답게 근사한 사진을 여럿 볼 수 있다. 그 가운데 한국인이라면 주목해야 할 사진이 하나 있다. 해리 스타일스가 갓을 쓴 채 한복을 입은 사진이다. 뭐로 보나 드라마 〈킹덤〉(2019)을 보고 반했음을 알 수 있는 증거다.

내가 이 사진이 존재한다는 걸 안다고 해서 'LP 포장을 뜯었구나.' 판단한다면 오산이다. CD 보고 안 거다. LP는 뜯지 않은 채로 고이 모셔져 있다. 참고로 이 음반은 2020년 미국에서만 바이닐로 23만 장 이상이 팔리며 이 분야 1위에 올랐다. 그중 나처럼 비닐 뜯지도 않은 사람이 꽤 많을 거라고 왠지 믿고 싶었는데 통계가 대신 증명했다. 조사에 따르면 미국 내 바이닐 구입자 중 절반 정도가 턴테이블이 없다고 한다. 바이닐이 '굿즈'처럼 받아들여지는 시대인 까닭이다.

작업실

호오 작업실이라

작업실이라고 해봐야 내 집의 내 방. 있는 거라고는 책과 앨범이 전부다. 아, 또 있다. 음악을 듣기 위한 기본적인 세팅이다. 앰프와 스피커가 있고, 턴테이블과 CD 플레이어가 있다. 모두 다 합쳐서 대략 300만 원에 맞춘 결과물이다. 놀라지 마시라. 오디오 쪽에서 이 정도면 그냥 저렴한 것도 아니고 '가장 저렴한' 축에 속한다. 방 구조는 당연히 사각형이다. 그중 두 면을 책이, 한 면을 CD와 LP가, 창가에 위치한 나머지 한 면을 컴퓨터와 오디오 시스템이 채우고 있다. 오해하면 안 된다. 우리 집, 되게 작다. 내 작업실은 당연히 더 작다. 내 방에 채 입성하지 못한 CD와 LP, 책과 블루레이 등은 거실 한구석에 빼곡하게 채워져 있다.

　　몇 년 전 조금 넓은 작업실을 따로 내는 걸 고려해 본 적 있다. 발품 팔면서 마땅한 공간이 있는지를 알아봤다. 결론은 '아니다'였다. 일단 시간이 아까웠다. 아무리 집에서 가까운 곳으로 결정해도 왔다 갔다 하는 그 시간에 뭔가 다른 걸 할 수 있지 않을까 싶었다. 물론 나도 알고 있다. 인간의 적응력은 놀랍다는 걸 모르지 않는다. 새로운 환경이 조성되면 또 거기에 맞춰서 시간을 꾸려나갈 터였다. 그럼에도 익숙한 공간의 안정성을 무너뜨리고 싶지 않았다. 이 이유가 제일 컸다.

　　나에게 작업실이란 결국 글 쓰는 공간을 뜻한다. 한데 대략 다섯 평쯤 될 이 공간에서 글쓰기 외에도 정말 많은 걸 한다. 음악을 듣고, 책을 본다. 책이 좀 지루해진다 싶으면 만화책을 꺼내서 읽는다. 글쓰기를 잠시 쉴 때 내가 관심 있는 분야의 뉴스를 검색하거나 유튜브를 탐험한다. 유튜브에서 게임 공략을 영화 관람하듯 감상하는 건 나의 즐거운 취미 중 하나다.

　　어쨌든 나는 이 작은 공간에서 완전한 나만

의 세계를 누린다. 앞서 강조한 것처럼 안정적으로 나만의 시간을 조각할 수 있다. 이 점이 중요하다. 20대 시절 나는 진심으로 내가 장악하고 부릴 수 있는 공간을 소유하고 싶었다. 그러나 쫄딱 망해버린 집안 사정 때문에 도저히 그럴 수가 없었다. 당시 나에게 열망이 있었다면 빼앗긴 내 삶의 컨트롤 키를 어떻게든 되찾아야겠다는 열당 하나뿐이었다.

세계적인 소설가들이 미국의 문학잡지 《파리리뷰》와 진행한 인터뷰를 모은 책 《작가란 무엇인가》를 읽어보면 공통점을 하나 발견할 수 있다. 요약하면 엉망진창으로 사는 소설가는 없다는 것이다. 그들은 마치 약속이라도 한 것처럼 구도자의 삶을 꾸리고 있었다. 정확한 시간에, 동일한 공간에서 글을 썼다. 철저하게 계획된 타임라인을 지킨다는 측면에서 그것은 마치 회사원이나 수도승 같은 인생이기도 했다.

다시 한번 깨닫는다. 적어도 글 쓰는 사람으로서 '루틴'을 이길 묘수는 없다. 문학 평론가 신형철은 사랑도 정확해야 한다고 주장했다.♦ 그의 말을 빌려 내 일도 가능하면 정확하게 완수하고 싶다. 그러려면 그 바탕이 되는 작업실이라는 공간부터 안정적이어야 한다. 익숙해서 도리어 일할 맛 나는 곳이어야 한다. 이 세상에 불안정한 정확성이란 있을 수 없기 때문이다. 적어도 나에게 정확하기 위한 가장 큰 도구는 안정감이다. 바뀌지 않는다는 바로 그 이유로 더욱 좋은 환경이다. 우리는 착각을 하면서 산다. 변화가 곧 '선善'이라는 신화에 빠진 사람, 주변을 둘러보면 여럿 있을 것이다. 꼭 그렇지만은 않다. 변하지 않아서 좋은 것도 이 세상에는 많다. 예를 들어 〈배철수의 음악캠프〉 같은 방송.

다음은 변하지 않는 내 공간에서 즐겨 듣는 노래 목록이다. 영감을 길어내기 위한 자극제라고 불러도 좋을 것이다. 단 조건이 하나 있다. 사람 목소리가 없는 연주곡이어야 한다는 의미다. 글은 내 안의 목소리를 듣고 그걸 꺼내서 적는 행위다. 따라서 목소리가 들리는 순간 간섭이 느껴진다. 뭔가가 헝클어진다. 장르적으로는 재즈와 클래식을 선호하는데 세 곡 모두 재즈로 통일했다.

'빛'
김오키

내가 진행하던 라디오 〈배순탁의 B side〉에서 김오키의
음악을 자주 선곡했다. 그러면서 덧붙였다. "만약
재즈가 어렵다면 그냥 딴 거 하면서 들으세요. 그러다가
이 부분 괜찮은데 싶으면 집중해서 듣다가 또 딴 거
하시면 됩니다. 부담 가질 필요가 조금도 없어요."

이를테면 이것은 집중하지 않음으로써 적응력을
강화하는 방법론이다. 이런 과정을 반복하면 어느덧
제법 복잡한 재즈 연주를 즐기고 있는 자신을 발견할 수
있을 것이다. 만약 좀 복잡하다 싶은 연주가 들리면
이렇게 생각하면 된다. "아이고. 열심히 하시네. 뭔지는
몰라도 이 연주를 위해 엄청난 연습을 하셨을 거야."
그리고 또 하던 일 마저 하면 아무런 문제가 없다.

김오키를 워낙 좋아해서 곡 여러 개를 틀어두고 작업할
때가 많다. 그중 이 곡은 작업용으로 최상급이다.
난해한 연주 없이 잔잔하게 흐른다. 연주가 약간
거세지는 지점에서도 결코 감정을 폭발하지 않는다.
이 곡을 시작으로 삼기 바란다. 당신의 재즈 DNA가
조금이나마 싹틀 것이다.

'Starmaker'
Roy Hargrove

작업용 음악으로 이보다 더 훌륭한 본보기는 없다고 확신한다. 로이 하그로브는 천재였다. 연주의 천재였고, 무엇보다 작곡 천재였다. 그 천재성이 빛을 발하는 곡을 몇 개 꼽는다면 이 곡 'Starmaker'는 무조건 들어가야 한다. 곡이 실린 음반 전체가 훌륭하다. 앨범 제목이 일단 멋지다. [Earfood](2008), 우리말로 하면 귀로 먹는 음식쯤 될 것이다.

기실 이 작품에서 가장 인기 있는 트랙은 'Starmaker'가 아니다. 3번에 위치한 'Strasbourg St. Denis'다. 지금까지 이 곡을 추천해서 실패한 적이 단 한 번도 없다. 재즈 음악 잘 모르는 사람도 "멋지다"면서 감탄사를 연발했다. 만약 재즈 LP바에 갈 일이 있다면 이 곡을 신청해 보라. 주인장이 "음악 좀 아는데?" 싶은 눈길을 던질 테니까. 그럼 그냥 뿌듯해하면 된다. 이런 게 또 음악 신청하는 맛 아니겠나. 단, 작업용으로는 비효율적이다. 비트가 꽤 있고, 전환이 잦기 때문에 정신 사나울 수 있다.

'The Dream'
David Sanborn

데이비드 샌본의 연주를 나는 지금도 즐겨 듣는다. 특히 이 곡은 고등학교 시절 최소 수백 번은 돌려 듣던 애청곡 중 하나였다. 한동안 고등학교로 가는 마을버스에 앉아서 이 곡을 많이 들었다. 그러면서 '내 꿈'에 대해 자주 고민하던 기억이 떠오른다. 언제나 결론은 같았다. "그게 뭔지는 몰라도 음악에 대한 일을 하고 싶다는 것"이었다. 이런 측면에서 보면 나는 꿈을 이룬 셈이다. 노력을 하지 않은 건 아니다. 음악 관련 책과 인문 서적 등을 무진장 읽고, 영어를 철저하게 공부했다. 어떻게든 글을 잘 쓰려고 노력도 많이 했다. 그러나 무엇보다, 운이 좋았다. 이 점을 잊지 않으려 한다.

이제 당신은 연주곡 외에 작업용 곡을 선택하는 나만의 또 다른 기준을 파악할 수 있을 것이다. 작업할 때 듣는 음악은 무조건 익숙한 곡이어야 한다. 공간만큼 음악도 친밀해야 글쓰기에 더 잘 몰두할 수 있다. 어떤 무의식적 존Zone으로 용이하게 진입할 수 있는 덕분이다. 낯선 곡은 아무래도 그렇지가 못하다. 자꾸 거기에 집중하게 만든다는 치명적인 단점이 있다.

풍경에 묻어난 음악

나름 바쁜 스케줄을 소화하고 있다. 평일과 주말 가릴 것 없이 뭔가를 꾸준히 해야만 직성이 풀리는 게 나라는 인간이다. 이런 나를 요즘 들어서야 인정하기로 했다. 나는 속칭 '일 중독자'다. 휴가를 떠나서도 마찬가지다. 이른바 휴양지로 휴가를 가 본 적이 단 한 번도 없다. 휴가를 가서도 끊임없이 먹고, 돌아다닌다. 하루 5식은 기본, 할 게 널려 있는 대도시 체질이다. 무라카미 하루키가 말하지 않았나. 멍 때리는 것도 재능이라고. 그렇다면 나는 철저하게 재능 부족이다. 멍 때리면 불안해지기 때문이다. 즉, 일로 불안을 겨우 해소하는 셈이다. 응급 처방이라는 걸 나도 잘 안다. 작가 팀 크라이더

Tim Kreider는 바쁨은 일종의 실존적인 안심으로, 공허함을 막는 대비책으로 기능한다고 말했다.♦♦ 그럼에도 어쩔 수 없다. 내가 선택한 인생이다. 프리랜서의 숙명이라고 여기는 수 외에는 도리가 없다. 이동하면서 음악을 많이 듣는 편이다. 글쎄. 정확히 비교해 보진 않았지만 내 방에서 각 잡고 감상하는 시간보다 더 많을 듯싶다. 기억에 선명하게 남아 있는 음악도 대개 걷거나, 뭔가를 바라보는 와중에 들은 경우가 많다.

이유는 이렇다. 모든 기억은 특정한 관계 속에서 비로소 깊이 뿌리 내린다. 예를 들어 음악과 나 사이의 관계에 사람이나 풍경이 더해질 때 관계의 그물망은 더욱 촘촘해진다. 그리하여 쉬이 휘발되지 않는다. 비슷한 예를 한번 들어볼까. 영어를 공부할 때도 무작정 외우는 게 아니라 어원을 통해서 암기한다든지, 어떤 '매개'를 상상하면서 암기하면 기억에 남을 확률이 비약적으로 상승한다. 그렇다. 이것이 바로 관계의 힘이다. 여기, 관계를 통해 나와 단단하게 맺어진 음악을 소개한다.

홍대
[정글 스토리](1996)
신해철

홍대 영문학과를 졸업했다. 1996년 학번이다. 학점은
제대한 이후 3학년 1학기 빼면 다 엉망진창이었다.
학점은 어떻게든 대충 따고, 대신 음악 카페에서
아르바이트를 하고 영어 과외를 하면서 학자금을
벌었다. 만화방 아르바이트도 오래 했다. 만화를 워낙
좋아했기 때문인데 역시 돈이 필요하기도 해서였다.

대학 시절에는 정말이지 가난했다. 누군가와 고생
배틀하자는 게 아니다. 그저 내가 지금도 열심히 일하는
이유를 설득하고 싶을 뿐이다. 맞다. 나는 음반을
구입하기 위해, 책을 사기 위해, 게임을 하기 위해
최선을 다해 일한다. 그 시절로 돌아가고 싶지 않기에
미친 듯이 일한다. 멍 때리지 못하는 것도 다 이런
경험에서 비롯된 게 아닐까 싶다. 그런데도, 학교로
가는 길은 제법 즐거웠다. 함께 웃기에 좋은 친구들이
있었고, 호쾌하게 술 사주는 선배도 여럿 있었다.
그중에서도 정문을 지나자마자 보이는 짧은 언덕길을
잊을 수 없다. 이 길을 걷다 보면 오늘 하루에 대한 괜한
기대감이 밀려왔기 때문이다. 행여 시간이 좀 남으면

바로 옆 운동장 계단에 앉아 음악을 들었다.
자본이 충분하지 않기에 일주일에 살 수 있는 CD라고
해봐야 한 장, 많으면 두 장 정도. 이걸 듣고 또 들었다.
지금도 이때 접한 앨범은 트랙 리스트까지 다 읊을
정도로 인이 박였다. 故 신해철이 남긴 걸작
[정글 스토리]가 대표적이다.

한강 변
[오로라피플](2018)
허클베리핀

조금 빨리 걷길 좋아한다. 아주 약간 숨이 차오를 정도로 10분 이상씩, 서너 번 반복해서 걷는다. 자연스레 음악이 함께할 수밖에 없다. 걸을 때는 약간 비트가 있는 음악을 고르고, 잠시 한강을 바라보며 쉴 때는 유장한 느낌의 음악을 선택한다. 산책하면서 잠깐씩 멈춰 설 때가 잦다. 인상적인 음악이 흐르면 곡 제목을 체크하고, 스마트폰 메모장에 옮겨 적어야 하기 때문이다. 이런 식으로 내 리스트에 포함된 음악은 그야말로 무진장이다.

제안 하나 하고 싶다. 누구와도 함께하지 않고 오로지 혼자서 한강 변에 앉아 노을을 바라본 적 있는가. 그 시간에 음악과 함께해 본 적이 있는가. 단 한 번도 없다면 꼭 해보기를 바란다. 내가 그저 살아 있음에 감사한 때가 여러분에게도 아주 가끔은 찾아올 것이다. 나에겐 한강을 배경으로 음악 들으며 노을을 바라볼 때가 그렇다. 살아서 음악 듣는 기쁨을 온몸으로 느낄 수 있는 몇 안 되는 순간이다.

누구에게나 평생 가져가는 습관 하나 정도는 있는
법이다. 한데 거기에는 필수 요소 하나가 배어 있어야
한다. 다름 아닌 '소확행'이다. 평생 습관이란 소확행이
전제되어야 비로소 가능하다. 그렇다면 한강 변과
함께하는 음악 감상이 나에겐 곧 소확행이다.
이번 주말에는 허클베리핀의 [오로라피플]을
한강과 노을을 바라보며 들어야겠다.
내가 꼽는 2018년 최고 앨범 중 하나다.

대중교통
[All That You Can't Leave Behind](2000)
U2

운전면허가 사실상 없다. 대학교 때 따고 차를 한 번도
안 몰아봤다. 나는 운전이 무섭다. 서을에서 자가운전을
하면 평균 수명이 최소 5년은 줄어들 것 같다.
스트레스는 장수의 적이라는데, 운전으로 스트레스받고
싶지 않다. 새벽까지 술 마시고 탁시 잡을 때도
비슷하다. 기사가 F1 레이서에 빙의라도 된 것처럼
질주하면 곧장 좀 천천히 가달라고 제동을 건다.
예외는 없다. 이런 식으로 죽기는 죽기보다 싫기
때문이다. 어쨌든, 대중교통을 이용할 수밖에 없다.
지하철을 타고, 버스를 잡고, 급할 때는 택시를 부른다.
집을 나서자마자 귀에 꽂은 이어폰으로 계속 음악이
흘러나온다. 택시에서도 음악을 듣냐고? 물론이다.
택시 기사가 하는 정치 이야기는 듣고 싶지 않다. 어떤
기사는 팩트도 다 틀리는데 자기가 옳다고 박박 우긴다.
최선의 대응은 역시 이어폰을 꽂는 거다. 이 세상에서
가장 중요한 게 "이너 피스Inner Peace"라고 애니메이션
〈쿵푸팬더〉 시리즈의 '시푸 사부'도 말하지 않았나.
택시, 지하철, 버스 가릴 것 없이 시끄러운 세상이다.
이런 나에게 이너 피스를 선물해 주는 존재, 이게 바로

음악의 힘이다. 살다 보면 소통보다는 차단이 간절할 때가 있다. 그래서 오늘도 나는 대중교통을 이용하면서 이어폰을 꽂는다. 그러고는 간절하게 소원을 빈다. '언젠가는 진정한 이너 피스에 도달할 수 있겠지.' 'Peace on Earth'가 수록된 U2의 [All That You Can't Leave Behind]가 배경음악으로 적당할 것이다.

퍼플 레코드
[Monster](1994)
R.E.M.

정말이지 기뻤다. 5퍼센트였는지 10퍼센트였는지는
확실치 않다. 여하튼, 사장님은 스무 장을 사면
그 뒤부터 회원 할인이 된다고 하셨디. 마침내 도장
스무 개가 채워졌던 순간 나는 직감했다. '아, 이곳에서
평생 음반을 구입하겠구나.' 대학 시절 내내, 사회인이
돼서도 퍼플 레코드에서 앨범을 샀다. 그러던 어느 날
사장님은 내가 무려 15퍼센트 할인을 받는, VVIP라는
사실을 알려주셨다. 확언할 순 없지만 내 평생 그런
대접을 받을 곳은 앞으로도 여기가 유일할 것이다.
　그러나 이제 내가 사랑하던 퍼플 레코드는 없다.
줄어드는 판매량 속에 2015년 오프라인 매장을 접었다.
가끔 홍대 앞에 갈 때마다 퍼플 레코드가 있던 자리를
괜히 쳐다본다. 2만 원 정도가 모이면 곧장 달려가서
30분을 넘게 고민했다. 사고 싶은 건 수십 장인데
나에게 허락된 건 단 한 장뿐. 손을 벌벌 떨면서 겨우
한 장을 골랐다. 미국 록 밴드 R.E.M.의 [Monster]를
살 때도 엄청난 갈등 속에 고르던 기억이 생생하다.
이렇게 구입한 수많은 앨범이 피가 되고 살이 되어
지금의 나를 있게 해준 것이리라.

음악으로 위로받은 기억

음악을 통해 위로받은 기억, 하나쯤 없는 사람은 없지 않을까. 좀 거창하게 바꿔 말하면 음악을 경유해 강림한 '구원'이다. 나 역시 그랬다. 한데 냉정하게 돌이켜보면 기묘한 반비례 관계가 내 눈에 밟힌다. 뭐랄까. 10대 시절엔 듣는 음악의 거의 전부가 좋았다. 구입해서 감상하는 족족 감탄하고, 그 경험을 친구들과 침을 튀겨가면서 나눴다. 그럼에도, 구원까지는 아니었던 것 같다. 이유를 곱씹어 본다. 아무래도 내가 세상살이가 얼마나 힘든지를 체험하지 못한 시기였기 때문이지 싶다. 그땐 하고 싶은 것, 보고 싶은 것, 듣고 싶은 것 투성이었다. 그 과정을, 적어도 고등학교 시절까지 꽤나 손쉽게 누렸다. 집안 형편은 나쁘지 않았고, 일주일에 두 장 정도는 내 돈 아닌 돈으로 카세트테이프를 살 수 있었다.

상황이 변한 건 대학 시절부터였다. 딱 봐도 아버지의 표정이 어두웠다. 부모님의 싸움이 잦아졌다. 몇 년이 지나 두 분은 헤어지고 아버지와 단둘이 지하 단칸방에서 살기 시작했다. 이런 이유에서일 것이다. 나의 과거가 현재를 향해 끊임없이 메아리친다는 점을 부정할 수 없다. 내가 열심히 일하는 이유는 별것이 아니다. 저 시절로 결코 돌아가고 싶지 않기 때문이다. 먹고사니즘은 그 무엇보다 중요하다. 세속적 조건을 달성해야 우리는 비로소 탈세속적 목표를 설정하고 추구할 수 있다. 이걸 잊어서는 안 된다. 이를테면 예술은 특별 보너스 같은 것이다. 없어도 별 해가 되지는 않는다. 그러나 오직 예술만이 우리에게 줄 수 있는 것들이 분명히 존재한다. 이 글은 이것들에 관한 이야기다.

집의 경제가 무너지는 와중에 나에게 위안을 준, 더 나아가 구원의 순간을 선물한 음악들을 잊지 못한다. 과연 그러하다. 인간은 이기적인 동

물인지라 풍족한 환경 속에 놓이면 그 귀함을 체
감하지 못한다. 아아. 어리석구나. 인간이여. 참으
로 어리석도다.

1997년이었던 것만큼은 확실하다. 비가 많
이 와서 지하 1층이던 집 안까지 물이 들이닥쳤다.
부모님과 함께 밤새 물을 퍼낸 뒤에 쪽잠을 자고,
학교에 가려고 집을 나섰다. 어제의 비가 거짓말이
라도 되는 양 날이 화창했다. 그 와중에 다행인 건
내가 사는 수유리에서 홍대 정문까지 한 번에 가
는 버스가 있다는 점 정도였다. 이날의 기억이 얼
마나 생생했으면 2017년 5월 6일 페이스북에 다음
처럼 적었을까.

"기억난다. 수유리 장미원. 홍대까지 갈아
타지 않고 한 번에 갈 수 있었던 7번 버스. 버스 맨
앞자리에 앉아 들었던 라디오헤드Radiohead의
[OK Computer](1997). 폭삭 망한 집. 보이지 않던
미래. 너무도 절망적이어서 아름다웠던 'Airbag'과
'Paranoid Android'. 날씨는 또 얼마나 화창했던지.
잊을 수 없을 풍경, 그리고 음악."

이렇게, 음악은 삶의 부정성을 해소하고, 날

려버릴 수 있는 통로가 되어준다. 정서적 건강을 위해 우리는 여러 다양한 감정을 경험하는 게 좋다. 부정적인 감정 역시 그렇다. 그저 차단하려고만 하면 나중 항체가 형성되지 않아 힘든 순간이 올 때 돌이킬 수 없는 좌절에 빠질 수 있다. 그걸 억누르려고만 해서도 안 된다. 반드시 부작용이 생긴다. 예를 들어 현실에서의 구원이 불가능하다고 여기는 순간 인간은 환상을 좇게 되어 있다. 각종 음모론이 괜히 판치는 게 아니다. 이 함정에 빠지지 않으려면 내면의 나침반이 되어줄 무언가를 절대 잃지 않아야 한다. 자기중심적인 메아리의 방에서 벗어나야 한다. 꼭 음악일 필요는 없다. 살아갈 이유가 있는 사람은 어떤 상황도 견뎌낼 수 있다고 한 니체의 말처럼 음악이든 무엇이든 이유를 찾아야 한다.

톨스토이에게는 '두 방울의 꿀'이 있었다고 한다. 가족에 대한 사랑과 글쓰기에 대한 사랑. 이를 통해 그는 우울함, 두려움, 실존적 위기에서 벗어날 수 있었다고 고백한다. 당신의 두 방울의 꿀은 무엇인가.

[I Am A Bird Now](2005)
Antony And The Johnsons

잡히지 않았다. 산다는 게 뭔지 이해할 수 없었다.
"이렇게 사느니 차라리…" 싶었던 적도 없지 않았다.
잠을 이루지 못한 채 밤마다 나 자신을 매질했다.
괴로운 자기 점검 속에 질문은 바닥나질 않는데 답은
언제나 시원찮았다. 옆은 늙고 병들어가는
아버지뿐이었다. 아버지를 위해서라도 어떻게든
내 삶을 개선해 보려 애썼다. 회사에 취직했지만 월급의
크기가 늘어가는 이자를 감당하지 못했다.
별무소용이었다. 어느 날부터였을까. 인생이 나를
비웃기 시작했다. 그 웃음이 영영 멈추지 않을 줄 알았다.

작더라도 좋았다. 삶이라는 것이 그저 내가 뭔지
알아볼 만한 크기가 되기만을 바랐다. 그래서 운명의
꼭지를 스스로 조절할 수 있기를 바랐다.
정말이지 위로가 필요하던 그 시절 어느 새벽,
자기 전에 이 음반을 들었다. 첫 곡 'Hope There's
Someone'을 듣고 싶어서였다.
나는 지금도 타인과 더불어 사는 삶과 타인이 있어야
겨우 온전함을 느끼는 삶 사이에는 커다란 격차가
있다고 생각한다. 소셜 미디어 이후 우리는 혼자 있기의

가치를 상실했다. 지나친 타인은 지옥이라는 진실을
완전히 망각했다. 그럼에도, 저 시절의 나는 타인의
존재에 목말랐다. 곡 제목처럼 누군가 위로해줄 사람이
있었으면 하는 마음이 간절했다.
그래서였을 것이다. 울음이 몸 전체를 공명통 삼아
터져나왔다. 그것은 아빠가 세상을 떠났을 때를
제외하면 내 삶에 다시는 없을 울음이었다.

한데 기묘했다. 울음을 멈추고 난 직후 나는 씻김굿을
한 것 같은 느낌에 휩싸였다. 얼마 전 봤던 유튜브
영상에서 배우 베네딕트 컴버배치는 그의 특강을
들으러 온 관객에게 이렇게 외쳤다. "제발 생각 좀
그만하고, 그냥 해!"♦ 이 때의 내가 그랬다. 이보다
최악은 없을 거라고 믿으면서 나는 그냥 하기로 했다.
음악 역사에 관한 책을 닥치는대로 구해서 더 꼼꼼하게
공부했다. 영어로 된 원서를 마르고 닳을 때까지 읽고,
또 읽었다. 그러던 와중 어쩌면 평생에 한번 뿐일
기회가 찾아왔다. 세상이 '운'이라고 부르는
그것이었다. 온 힘을 다해서 그 기회를 붙잡았다.

그 시절의 내가 없었다면 지금의 나도 없었을 거라고
믿는다. 고생 배틀하려는 게 아니다. 희망과 위로는
희망과 위로가 부재하는 바로 그 순간에 가장
간절해진다는 걸 강조하고 싶을 뿐이다.

[Everyday Life](2019)
Coldplay

조금 거창하게 '세계'를 한번 논해볼까.
세계의 전망, 그대는 어떻게 바라보고 있나. 모두가
자신의 선함을 과시하면서 소셜 미디어에 호르몬을
내뿜지만 정작 전쟁은 끊이질 않는다. 인간의 권력욕이
만들어낸 현세지옥이다. 인류는 이미 공감 능력을
상실한 것처럼 보인다. 쇼펜하우어에 따르면 공감이란
타자에게서 나의 일부를 보는 행위다. 나의 일부가
그곳에 있기에, 타자를 함부로 대할 수 없고, 그의
고통에 공감을 표할 수 있다는 것이다. 중요한 점이
있다. 이 능력은 의지에 따라 충분히 배양할 수 있다.
설마 인류는 이 의지마저 내팽개친 것일까.
그래서는 안 된다. 그럴 리는 없을 것이다.

[Everyday Life]에서 콜드플레이가 조감한 세상도 절망
그 자체다. 음반은 'Sunrise'와 'Sunset', 총 두 장으로
구성되어 있다. 스토리는 대략 다음과 같다. 해가
떠오르고 해가 질 때까지 세계의 약자들은 그저
견디면서 하루를 살아야 한다. 그것도 매일같이.
작가 수전 니먼Susan Neiman의 말을 빌리면 문제적
세상에서는 원래 다 그런 거지, 라는 패배주의적

체념이나 세상이 마땅히 그래야 하는 모습을 갖추지
못했다는 소모적 분노에 빠지기 쉽다.♦♦ 그래서일까.
눈을 씻고 봐도 고통받는 자들을 구원할 미래는 보이질
않는다. 희망과 위로는 과연 무지개 너머에서만
존재하는 것일까. 희망과 위로라는 이름의 신은 대체
어디에 존재하는 것일까.

시리아 내전의 비극을 노래한 'Orphans'가 대표적이다.
"폭탄이 거대한 굉음을 내는" 그곳에서 "달과 같은
눈을 지녔던 그녀"는 세상을 떠났다. 그 결과,
거리에는 고아가 넘쳐난다.
영화 두 편을 추천하고 싶다. 〈사마에게〉(2019)와
〈가버나움〉(2018)이다. 영화를 보면 인간이 만들어낸
거대한 비극의 폐허가 인간의 개별성을 어떻게 짓밟는지
두 눈으로 확인할 수 있을 것이다. 더 놀라운 건, 그 폐허
속에서도 누군가는 희망을 잃지 않는다는 점이다.
영화를 본 모두가 눈물을 흘릴 수밖에 없는 이유다.

콜드플레이도 마찬가지다. 또 다른 수록곡인
'Arabesque'의 후렴구에서 콜드플레이는 "음악은
미래의 무기야"라고 외친다. 콜드플레이가 노래한
것처럼 음악은 미래의 무기가 될 수 있을까. 끝없는
비극 속에서 작은 희망 하나를 건져낼 수 있을까.
안타깝지만 음악은 세계를 구원할 수 없다. 역사가

증명한다. 음악으로 세상이 바뀐 적은 단 한 번도
없었다. 세상은 꾸준히 엉망진창이었다. 전쟁은 멈출
기미조차 안 보이고, 소셜 미디어라는 보이지 않는
무한의 줄기를 타고 증오와 혐오가 독처럼 퍼져 있다.
해독제는 그 어디에도 보이질 않는다.

이렇게 바꿔 말할 수 있을 것이다. 음악을 포함한
예술의 존재 이유는 문제를 해결하는 게 아니라
그 문제를 온전히 느끼게 하기 위함에 있다. 따라서
음악은 세상을 선한 방향으로 어떻게든 바꾸려는
사람에게 아주 작지만 잊히지 않을 영향 정도는 미칠 수
있을 것이다. 그것이 한 사람의 인생이든, 거대한
세계든 문제를 한 방에 해결해 줄 마법 열쇠 따위는
없다. 결국에는 귀납법이 진리다.

잊지 말자. 타자를 증오하고 혐오하는 것으로밖에
의미를 찾지 못하는 인생이라면 증오하고 혐오하는
그 사람의 삶이 불행한 것이다. 누군가를 최선을 다해
사랑하는 것이야말로 이 세계의 혐오에 맞서는
유일한 길이다.

집

진짜 영혼이 기거하는 장소

'집' 하면 단어 두 개가 먼저 떠오른다. 다들 그러하듯 '하우스'와 '홈'이다. 글쎄. 지금은 어떤지 모르겠지만 과거에는 이렇게 배웠다. 하우스는 물리적 공간이고, 홈은 정서적인 공동체에 가깝다. 오랫동안 이 분류를 신뢰했다. 왠지 그럴듯하게 들려서다. 지금 곱씹어 봐도 아주 틀린 구분은 아닌 듯싶다. '홈' 하면 괜히 정서적으로 밀착된 느낌을 주기 때문이다. 예컨대, 우리는 보통 "나 집에 간다."고 말할 때 기분이 슬쩍 풍요로워진다. 저 유명한 마이클 부블레Michael Bublé도 'Home'에서 노래하지 않았나. "파리와 로마에서의 여름이 또 지났네 / 그런데도 나는 집에 가고 싶네." 아니, 파리와 로마를 가뿐히 제압하는 '홈'이라니. 마이클 부블레에게 집은 자신의 영혼이 기거하는 장소임이 분명하다.

나에게도 그랬다. 아마 당신에게도 집은 그러한 존재였을 것이다. 유년 시절의 집은 무해한 에피소드가 끝도 없이 펼쳐지는 곳이었다. 친구를 불러 최신 게임을 하고, 생일이 되면 다 함께 모여 케이크를 먹었다. 내가 국민학생이던 시절에는 병아리를 기르는 게 대인기였는데 학교 앞에서 대략 300원에서 500원 사이였다. 병아리 한 마리를 사서 닭이 될 때까지 키웠다. 닭이 된 그 녀석은 집 안 구석구석을 마구 뛰고 날아다녔다.

그 닭이 이후 어떻게 됐는지는 솔직히 기억에 없다. 어쨌든 재건축 때문에 오래전에 사라진 동부이촌동공무원 아파트 101동 101호에서 닭 한 마리가 날아다녔다는 유의 추억은 에피소드의 당사자가 누가 됐든 결코 잊을 수 없는 성질의 것이다. 하우스를 홈으로 '스윽' 변신하게 하는 마법의 주문이다.

그러나 누군가에게 집은 언제나 모든 게 잘

못되는 곳이기도 하다. 이걸 잊어서는 안 된다. 세상은 이렇게 항시 양면이다. 명明을 추억하되 암暗이 도사리고 있음을 인지해야 한다. 대학 시절 이후 우리 집이 그랬다. 이사만 열 번을 넘게 했는데 당연히 갈수록 층고는 낮고, 공간은 비좁아졌다. 이사 횟수와 고통의 질량은 정확하게 비례했다.

　　　영화 〈기생충〉(2019)이 개봉하고 얼마 지나지 않아 친한 동생이 웃으며 얘기했다. 아버지와 단둘이 어둡고 긴 터널을 지나던 시절 우리 집에 와본 적 있는 녀석이었다. "형, 기생충 가족 집, 형이 살던 집이랑 완전 똑같던데?" 그 집에서 가족이 나누는 대화와 벌어지는 사건이 블랙 유머라는 점을 충분히 이해한다. 그럼에도, 보는 내내 조금은 힘에 부칠 수밖에 없었는데 그 이유를 그때 알았다. 지금도 가끔씩 무의식의 영역에 침잠해 있던 고통의 뇌관을 수면 위로 갑작스럽게 끌어올리는 방아쇠 같은 순간이 찾아오곤 한다. 이걸 피할 방법이라곤 없다. 그저 똑바로 응시하고 마주할 수만 있다면 그걸로 족하다.

'Going Home'
김윤아

여기, 고통의 시간에, 나에게 응원을 불어넣어 주던
음악이 있다. 2010년 봄, 집으로 향하는 버스 안이었다.
단골 음반 가게에서 이 곡이 실린 김윤아의 솔로 음반
[315360](2010)을 구입하고, 버스를 잡아탔다. 1, 2, 3번
곡이 흐른 뒤 '그나저나 앨범 제목이 대체 무슨
뜻일까….' 궁금해하던 찰나에 김윤아의 목소리가
다음 가사를 노래하기 시작했다.

"집으로 돌아가는 길에 / 지는 햇살에 마음을 맡기고 /
나는 너의 일을 떠올리며 / 수많은 생각에 슬퍼진다"

때는 적당하게 해가 서서히 지는 저녁 5시 즈음이었다.
온갖 상념이 머리를 뒤흔들었다. 그 와중에 다음 구절이
결정타를 날렸다. 하마터면 버스에 앉아서 울 뻔했다.

"내일은 정말 좋은 일이 / 너에게 생기면 좋겠어 /
너에겐 자격이 있으니까 / 이제 짐을 벗고 행복해지길 /
나는 간절하게 소원해 본다"

나는 본래 눈물이 많은 편이다. 이 정도면 '특기'란에

'대성통곡'을 적어야 하는 건 아닌지 싶을 수준이다.
나는 진정한 의미에서 좋은 영화, 좋은 음악은 결국
내가 살아 있다는 감각을 환기하는 거라고 생각한다.
최근에는 영화 〈소울〉(2020)이 그랬다. 음악에서는
이 곡 'Going Home'이 언제나 그러하다.

김윤아의 'Going Home'을 플레이하면서 집에 가는 길은
그나마 마음이 조금은 편안했다. 위로가 됐다. 여기서
꼭 강조하고 싶은 게 있다. 고통을 겪고 있는 사람도
행복할 권리가 있다는 거다. 그러니까, 그(녀)에게 잠시
들뜬 기분에 기만당하지 말라고 요구해서는 안 된다.
고통 속에서도 우리는 가끔씩 웃음 짓는다. 진창에 빠져
있다 할지라도 미소 띨 순간은 분명히 온다. 그 순간을
받아들였다고 해서 그의 고통에 의혹의 눈초리를
보내서는 안 된다. 그건, 너무 잔혹한 행동이다.

이 음악이 없었다면 나는 밖에서든, 집에서든 정처
없었을 것이다. 이 음악을 듣는 순간만큼은 아주
잠깐이나마 행복감에 충만했다. 이게 잘못된 거라고
생각하지 않는다. 마지막으로 약속한다. 만약 당신이
나와 같은 상황에 처하더라도 나는 당신의 고통을
의심하지 않을 것이다.

달리듯 흐르는 음악들

어느 날 문득 어린 시절 내가 자전거 타는 걸 엄청나게 좋아했다는 사실을 떠올렸다. 곧장 실행에 옮겼다. 비싸지 않은 자전거를 구입해 한강을 질주해봤다. 기분 끝내줬다. 이걸 왜 진작 하지 않았는지 나 자신을 나무라고 싶을 정도였다. 오늘도 자전거를 벗 삼아 한강을 달리다가 집으로 돌아왔다. 샤워로 땀을 씻어낸 뒤에 이 글을 쓴다.

운동을 좋아'했'다. 그것도 상당히 열정적으로 푹 빠져 지낸 시절이 있었다. 그중 가장 몰입했던 건 농구와 축구다. 나뿐만이 아니다. 대부분이 그랬다. 그중 농구는 1990년대 대한민국 스포츠의 꽃이었다. 야구 못지않은 국민적인 인기를 누렸다.

그런데 말입니다. 고려대나 연세대와 아무 상관도 없는 사람들이 왜 그렇게 서로 다퉜는지 모를 일이다. 고려대의 각 선수와 연세대의 각 선수를 만화 《슬램덩크》 속 주인공과 비교하면서 논쟁을 벌이기도 했다. 어쨌든, 인생을 살다 보면 도무지 이해할 수 없는 일이 벌어지기 마련이다. 심지어 사람들은 그 이해할 수 없는 일을 갖고 이해할 수 없는 말싸움을 벌인다.

축구에서 누가 최고냐는 갑론을박도 마찬가지다. 생각해 보라. 리오넬 메시Lionel Messi가 최고가 되건, 크리스티아누 호날두Cristiano Ronaldo가 최고가 되건 당신 인생에 도움되는 거 있나? 폭락하던 주식이 갑자기 상한가를 치나? 집에서 석유가 콸콸 솟아오르나? 평소에는 말도 안 걸던 사장님이 당신을 불러서 "당신 같은 인재를 잃긴 싫으니 연봉을 대폭 올려줘야겠어."라고 거부할 수 없는 제안을 던지나?

그런데도 사람들은 오늘도 둘 중 누가 넘버원인지를 시간 써가면서 열과 성을 다해 설파한다. 그 격렬함으로 따지자면 '입'농구와 '입'축구의 세계는 실제 운동의 그것에 비해 모자라지 않다. 도리어 더 뜨겁게 타오를 때가 많다. 심지어 손가락과 입만 사용하면 되니까 크게 힘들이지 않고도 괜히 운동하는 것 같은 뿌듯함을 선물해 줄 수도 있다. 이거 참 신묘한 효과다. 나는 이걸 (서로에게, 특히 선수에게 악플은 달지 않는 한에서) 인생을 즐기는 잔재미라고 부른다. 내 경험상 이런 잔재미라도 있는 인생이 그나마 살 만하다. 주기적으로, 마치 필연인 것처럼 들이치는 따분함을 조금이라도 막아주는 방파제 구실을 해주는 셈이다.

더욱 탄탄한 방파제를 찾는다면 운동의 세계 속으로 직접 뛰어드는 걸 이길 순 없다. 예를 한번 들어보자. 우리의 고민 리스트는 한도 끝도 없다. 고민을 해서 고민이 해결되면 고민이 없겠지 싶지만 인간인 이상 그럴 수는 없다. 고민은 대개 예고도 없이 침입한다. 한번 거기에 빠지면 헤어나기란 거의 불가능하다. 따라서 이걸 물리치기 위한 효과적인 수단은 대체 무엇일까 고민해야 한다. 이른바 고민을 제거하기 위한 고민이다.

실험을 해봤다. 어떤 책에는 육체를 한계까

지 몰고 가면 거기에 고민 따위 들어설 구멍은 없
다고 쓰여 있다. 돌이켜보니 맞는 말 같다. 대학 시
절 나는 수업도 안 들어가고 하루에 농구를 거의
다섯 시간 넘게 했다. 당시 내 집안 환경은 최악이
었다. 극단적인 상상도 여러 차례 해봤다. 삶이 나
를 끊임없이 비웃는 것 같던 시기였다. 그 비웃음
이 잠시라도 들리지 않는 공간이 바로 농구장이
었다.

그 시절에 비하면 지금 내 삶은 꽤나 안정
적이다. 그럼에도, 고민이 없지는 않다. 그래서 운
동을 시작했다. 주말이 되면 자전거를 끌고 나가서
한강을 달린다. 원래는 무릎에 무리가 가지 않는
선에서 두 발로 달렸다. 그러다가 너무 바빠서 운
동을 안 하게 됐다. 배가 자연스럽게 부풀어 오르
면서 체력이 뚝 하고 떨어졌다.

글은 정신력으로 쓰는 게 아니다. 글도 체
력이 있어야 쓴다. 위기라고 판단했다. 머릿속에서
경보가 울렸다. 글쓰기는커녕 기상하는 것조차 버
거워졌다. 나 자신에게 특단의 조치를 내려야 할
시점이었다. 만약 당신이 작가 지망생이라면 "몸

으로 생각하는 사람"이어야 한다는 점을 기억하기 바란다. 당신의 몸은 머리가 좋아야 한다. 몸이 말을 안 들으면 머리도 돌아가지 않는다.

다음은 자전거를 타고 달릴 때 내 이어폰에서 흘러나오는 음악 리스트다. 자전거 탈 때 참고하면 당신도 효과 볼 수 있을 것이다.

'막을 올리며'
에픽하이

나는 지금 심각하다. 한강공원에 막 진입했고,
자전거 페달을 밟으면서 서서히 속도를 올리려 하는
중이기 때문이다. 이럴 때 필요한 건 과할 정도의
진중함이다. 무릎의 진동을 느끼는 동시에 조금씩 힘을
가하면서 페달을 돌려야 한다. 유의해야 할 점이
하나 있다. 흥분을 이기지 못해 무리수를 둬서는
안 된다는 거다. 속도를 자연스럽게 올려야
나중에 더욱 짜릿한 기분을 맛볼 테니까.

이 구간에 '막을 올리며'보다 더 어울릴 노래는 몇 없다.
그러니까, 출발과 함께 내 나름의 진지한 의식을 치르는
셈이다. '막을 올리며' 뒤에 흐르는 '헤픈 엔딩'도 이어
들으면 더욱 좋다. 준비 운동은 길면 길수록 유익하다고
하지 않나. 어느 날, 이 두 곡이 실린 [신발장](2014)
전체를 들으면서 한강을 달렸다. 내 몸의 아이큐가
최소 5 정도는 높아졌을 것이(라고 어떻게든
믿는 수밖에는 없)다.

'Crystal'
New Order

뉴 오더를 좋아한다. 가장 애정하는 밴드 중 하나다.
그중 이 곡은 자전거 타기에 최적화된 리듬을
들려준다. 규칙적이면서도 속도감 있게 진행되는
까닭이다. 마치 로봇을 연상케 하는 리듬인데
뉴 오더의 곡이 대부분 이렇다.

주로 속도 변화 없이 쭉 치고 나아가고 싶을 때
이 노래를 선택한다. 게다가 이 곡은 러닝 타임도
꽤 길다. 거의 7분에 가깝다. 이 곡 플레이하면서 7분
동안 꾸준히 페달을 밟아보길 권한다. 자잘한 고민
정도는 저절로 사라질 게 분명하다. 대신 그 자리에
튼튼한 두 다리와 쪽 빠진 뱃살이 들어설 것이다.
이 정도 운동 강도라면 햄버거를 매일 먹어도
괜찮을 게 확실하다. 장담은 못 한다.

이들의 다른 곡도 추천한다. 'Regret', 'True Faith',
'1963', 'Dream Attack'. 대부분 기계처럼 반복되는
비트를 갖고 있기 때문에 어떤 곡을 골라도 문제는
없다. 이 중 'True Faith'과 '1963'은 1994년 리믹스
버전이 오리지널보다 좋다.

'Aviation'
The Last Shadow Puppets

속도를 더욱 올리고 싶을 때 이 곡을 튼다.
일단 제목부터 '항공'이라는 뜻이다. 그래서일까.
왠지 질주하지 않으면 노래에 죄를 짓는 것 같은 기분이
든다. 죄의식은 중요하다. 때로 책임감 있는 행동을
끌어낼 수 있기 때문이다. 타인에게 잘못을 전가하는 게
아닌 오직 나 자신을 탓하는 태도로부터 회복 가능성은
비로소 시작될 수 있다. 운동이 특히 그렇다.
삶에서도 마찬가지다.

'Aviation'을 플레이하면서 나는 최선을 다해 페달을
밟는다. 그리하여 가끔은 몸이 붕 뜨는 듯한 착각…은
전혀 들지 않는다. 중력은 과연 위대하다. 과속은
금물이다. 내 친구는 자전거 타다가 잠깐 방심한 틈에
쇄골이 세 번이나 나갔다. 놀랍게도 정형외과 의사다.

라스트 섀도 퍼펫츠는 악틱 멍키스Arctic Monkeys의
프런트맨 알렉스 터너Alex Turner가 결성한 또 다른
밴드다. 악틱 멍키스의 음악도 전속력으로 달릴 때
애용할 만하다. 'Brianstorm'이나 'I Bet You Look Good
On The Dancefloor'를 강력하게 추천한다.

잠

참으로 좋은 것

얼마 전 건강 관련한 영상을 하나 봤다. 궁금해서였다. 대체 건강을 유지하기 위해 가장 필요한 조건은 무엇이란 말인가. 영상 속 의사가 내린 결론은 이랬다. "그 어떤 것도 건강에 좋다 나쁘다 단언할 수 없다. 딱 하나만 빼고는. 바로 잠이다."

우리는 잠을 자면 대개 꿈을 꾸고, 그 꿈에는 해석이 붙는다. 어떤 꿈은 낭만화되는가 하면 어떤 꿈은 불길한 미래를 예고하는 것처럼 보인다. 현실에서 달성하지 못한 욕망을 해소해 준다고 여겨지는 꿈도 있다. 여러분도 비슷할 것이다. 잠을 자고 꿈을 꾸면 우리는 거기에 특정한 의미를 부여하려 애쓴다. 괜히 로또가 잘되는 게 아니다. 그러나 내가 강조하고 싶은 잠은 그런 잠이 아니다. 매우 실용적인 잠이다. '사당오락'이라는 말, 어디선가 들어봤을 것이다. 네 시간 자면 붙고 다섯 시간 자면 떨어진다는 뜻이다. 이 기원을 알 수 없는 사자성어(?)는 특히 수험생에게 아론의 지팡이가 되어줬다. 즉, 잠을 덜 자야 공부 잘할 수 있는 것으로 받아들여졌다. 비록 내가 28년 전에 수험생이기는 했지만 지금도 사정은 크게 달라지지 않았을 터다.

연구 결과는 많이 다르다. 통계가 증명한다. 팩트가 말해준다. 조사 결과, 딥 슬립을 꾸준히 유지한 수험생의 성적이 더 높았다. 이렇게 잠은 우리의 뇌 건강과 직결되어 있다고 한다. 잠을 자야 뇌가 활성화되고, 뇌가 돌아가야 지구과학 수업 내용을 기억하든 삼각함수 수학 문제를 풀든, 뭐라도 좀 더 잘할 수 있게 된다는 뜻이다.

비단 수험생만은 아니다. 잠이 부족하면 알츠하이머에 걸릴 확률 또한 비약적으로 상승한다. 그렇다면 우리는 마땅히 잠을 자야 한다. 최소 일곱 시간은 침대에 딱 붙어 있어야 한다. 양을 세든

망아지를 세든 상관없다. 만약 불면증에 시달리는 경우가 아니라면 잠에 빨리 들 수 있는 나만의 비책을 개발해서라도 잠에 들어야 한다. 나의 필살기는 이것이다. 지금 한창 즐기고 있는 게임을 내일 어떤 식으로 공략할지를 상상하면 신기하게도 곧 잠에 든다. 진짜다. 그 게임이 꿈에도 나와서 곤란한 부분이 있기는 하지만.

내가 잠이 정말 중요하다고 생각하는 이유는 또 있다. 잠이 부족하면 컨디션이 좋을 수 없다. 지끈거림과 몽롱함을 왕복하는 머리를 부여잡고 하루 일과를 소화해야 한다. 그러다 보면 만사가 귀찮아지고, 짜증이 단전에서브터 훅 치고 올라온다. 나는, 타인에게 친절하기 위해서라도 잠을 부족하지 않게 자야 한다고 확신하는 쪽이다. 당신이 사회적으로 높은 위치에 있을수록 더욱 그렇다. 몸이 별로라고 부하 직원에게 화풀이하는 상사, 진짜 최악이지 않은가 말이다. 잊지 갈자. 잠이야말로 내 몸의 회복탄력성을 높이기 의한 최고의 방법이다.

결론이다. 우리는 우리 자신의 건강을 위해

서라도 푹 자야 한다. 더 나아가 상대방에게 다정
해지기 위해서라도 넉넉하게 자야 한다. 잠을 통
해 우리의 자아는 단단해지고, 타인과의 관계는 윤
택해질 것이다. 괜히 잠에서 깨서 하루가 시작되는
게 아니다. 잠이야말로 모든 존재의 출발이다.

'잠이 늘었어'
조규찬

이별 뒤의 불면증, 겪어본 사람 있을 것이다. 그러나
그 어떤 이별도 영원할 순 없다. 그 사람의 존재가
희미해지는 순간은 기필코 온다. 조규찬의 '잠이
늘었어'는 그 순간을 노래한 곡이다. 심지어 잠이
선물하는 효능까지 꼼꼼하게 언급한다.

"커피의 향기를 즐기며 / 어여쁜 여인에 반하고 /
멋있게 날 꾸며 보고 싶어져 / 웃음이 늘어 / 운동이
좋아 아침을 기다려 / 가능하면 밥을 거르지 않으려 해"

이거 보시라. 잠이란 참으로 좋은 것이다. 나는 오늘도
일곱 시간 넘게 푹 잤다. 저녁 8시부터 40분 동안
걷기와 뛰기를 반복하면서 운동도 마쳤다.
그래서였는지 글도 제법 잘 썼다(고 생각하기로 한다).
이 루틴을 반복하는 것이야말로 내 인생의 버팀목이다.
50살에 가까워지니까 이제는 알겠다. 부디 내 남은
인생이 고장이 잘 안 나는 오래된 시계 같기를 바란다.

'Feeling Good'
Michael Bublé

원곡은 니나 시몬Nina Simone이지만 마이클 부블레
버전으로 골랐다. 이 곡은 뭐랄까, 정말 쉽고 간결한
가사를 지녔다. 그럼에도 사람의 마음을 뒤흔든다.
반복적이지만 귀에 꽂히는 멜로디, 핵심만 추려낸
간결한 편곡 덕분이다. 어느 날 아침 일어난 뒤 이 곡을
플레이한다고 가정해 보자. 그날 하루를 나름 멋지게
살지 않으면 노래에게 미안해질 것 같은
기분이 들 것이다. 노랫말은 이렇다.

"높이 나는 새들이여 / 내 기분이 어떤지 아는가 /
하늘의 태양이여 / 내 기분이 어떤지 아는가 /
새로운 새벽 / 새로운 날 / 새로운 인생 / 나에겐 그래 /
기분 끝내주네."

‘The Oracle’
Kenny Barron, Dave Holland

음악을 틀고 잠을 청하는 분들이 꽤 많은 것으로 알고
있다. 그런 분들을 위해 선택한 노래다. 나 역시 아주
드물게 음악을 감상하면서 잠들 때가 있다. 단, 조건이
하나 있다. 가사가 들어간 곡은 철저하게 배제한다.
이유는 별거 없다. 가사가 들리면 아무래도 자꾸 신경이
쓰이기 때문이다. 그래서 스트리밍 사이트에 아예
조용한 연주곡 폴더를 따로 만들어놨다.

최근 이 곡으로 효과 좀 봤다. 게임 생각을 하지
않았는데도 아주 잘 자고 일어났다. 케니 배런은 미국
출신 재즈 피아니스트. 그래미 후보만 아홉 번 오른
거장이다. 데이브 홀랜드는 영국 태생의 재즈 베이스
연주자다. 둘이 함께 발표한 ‘The Oracle’은 흔히 하는
표현으로 품격 넘치는 재즈 연주곡이다.
모난 구석 없이 마치 찰랑이는 물결처럼 흐르는
연주를 들을 수 있을 것이다.
당신의 잠도 마치 이 곡처럼 평안하기를. 그리하여 당신
주변에 친절하고 다정한 사람이 되기를 기원한다.

음식

낯선 것들로 직진

우리 대부분에게 삶은 개척하는 것이라기보다는 견디는 것이다. 과연, 일상은 매일 표정을 달리하면서 우리의 불안을 요동치게 한다. 그렇다면 이 불안, 대체 어떻게 해야 잘 다룰 수 있다는 말인가. 영화를 보고, 책을 읽는다. 음악을 듣고, 미술관에 가서 휴식도 취해본다. 그러나 장담컨대 그 어떤 취미도 따뜻한 한 그릇이 주는 위안에 미치지 못한다. 아무래도 그렇다. 한데 '음식을 먹는다'는 건 참으로 양면적인 행위다. 본능과 예술을 모두 아우른다는 측면에서 그렇다.

그렇지 않나. 먹지 않으면 우리는 죽는다. 우리에게 필수인 '의식주' 중 채워지지 않으면 생명과 직결되는 요소는 오직 하나, '식'뿐이다. 나는 음반을 사기 위해 돈을 번다. 게임을 하기 위해 열심히 일을 한다. 그러나 이 모든 목적에 무조건 선행하는 절대자가 있다. 나는, 생명을 유지하기 위해 오늘도 힘든 몸뚱이를 부여잡고 출근 도장을 찍는다. 이것은 의지라기보다는 본능이다. 우리는 동물이다. 먹고 살아야 한다. 그러기 위해서는 화폐를 벌어야 한다. 당연한 이치다. 나머지는 있으면 참 좋을 특별 보너스 비슷한 것일 뿐이다.

반면 먹는다는 동사를 행하게 하는 요리는 갈수록 예술의 영역으로 인정받고 있다. 이런 측면에서 요리는 음악, 벽화와 함께 인류 예술의 오랜 삼대장이라고도 볼 수 있다. 한 끼에 20만 원을 호가하는 오마카세에 사람이 몰리고, 밥보다 더 비싼 디저트 카페에 하염없이 줄을 선다.

나 역시 마찬가지다. 내가 가장 사랑하는 요리 중 하나가 스시다. 이번 달은 조금 넉넉하다 싶으면 못 가본 스시 오마카세 집을 검색하고, 스시를 즐긴다. 단지 맛 때문만은 아니다. 식당 분위기, 접시 위에 놓인 스시의 아름다운 모양새 등 감상할 거리가 여럿이다. 스시뿐만은 아니다. 분야와 무관하게 뛰어난 요리사는 예술가와 진배없다고 생각한다.

　몇 달 전 어떤 베이글 가게를 지나다가 대기하는 사람들을 보고 기겁한 적이 있다. 나는 베이글에 큰 관심이 없다. 애초에 빵을 잘 안 먹는다. 그렇지만 깜짝 놀랄지언정 "베이글 따위에 왜 저러는 거야?"라는 생각은 전혀 하지 않는다. 어쨌든 중요한 건 다음과 같다. 베이글 하나를 사려고 두 시간 기다리기를 마다하지 않는 사람들에게 '먹는다'는 건 이미 본능의 영역을 넘어선, 어떤 실천적 의지의 결과라는 것이다. 그게 인스타그램이나 유튜브 조회 수를 위한 것이든 어떻든 간에 말이다.

　다만 이런 의문은 든다. 어느새 우리가 어떤 영역에서든 낯선 것 즐기기를 점차 꺼리고 있다는 점이다. 요약하면 목하 평점의 시대다. 우리가 평점에 집착하는 이유는 명확하다. 실패하지 않기 위해서다. 지금 시대에 평점은 마치 동조 압력처럼 작용한다. 당신도 그럴 것이고, 나도 그렇다. 즉, 남이 좋다고 하는 걸 구입하는 시대라고 할 수 있다.

　　그래서 내가 요즘 습관 들인 게 하나 있다. 신경 꺼버리는 거다. 그냥 내 감을 믿고 이순재 아저씨처럼 직진하는 거다. 뭐, 실패할지도 모른다. 음식이 인간적으로 이건 아닌데 싶은 때가 없지 않을 것이다. 하지만 그러면 또 어떤가. 한 끼 식사 정도는 실패할 수도 있는 게 인생 아닌가. 사업에 실패하면 곤란하다. 입시에 실패해서도 안 될 것이다. 그러나 우리는 어느새 취향의 영역에서까지 실패하지 않으려 애쓰는 존재가 되어버렸다.

　　내가 음악 추천 서비스를 거의 사용하지 않는 이유도 이와 같다. 이걸 쓰다 보면 어느새 내 취향의 감옥에 갇혀버리는 것 같아서다. 물론 과거에도 큐레이션 비슷한 게 있었다. 나는 잡지 리뷰를 보고 앨범을 구매하거나 친구 추천을 믿고 결정을 내렸다. 그럼에도 어디까지나 주체는 '나'였다. 이렇게 느낄 수 있었던 바탕을 곱씹는다. 실패할 경우까지 내가 책임져야 했기 때문일 것이다. 대개 나는 성공했지만 가끔 망했다. 명반이라고 칭송받은 음반이 별로인가 하면 보통이겠지 싶던 앨범에 꽂히기도 했다. 음악평론가의 글과 잡지를 바탕으로 리스트를 뽑고, 아르바이트비를 아껴서 앨범을 샀다. 대박도 있고, 중박도 있었다. 가끔은 쪽박이 출현해 억장을 무너뜨렸다.

이게 핵심이다. 갈수록 정교해지는 큐레이션에는 지극히 자연스럽다고 할 실패에 대한 계산이 포함되어 있지 않다. 어디 큐레이션뿐일까. 앞서 강조한 것처럼 어떤 영화를 볼까 결정할 때도 우리는 현실 아닌 소셜미디어 친구에게 '볼까요?'를 먼저 묻는다. 음식을 배달시키거나 맛집을 찾을 때도 나침반이 되어줄 존재는 오직 하나, 타인의 평점뿐이다. 이해할 수 있는 현실이다. OTT를 포함한 영상이든 음악이든 배달이든 우리에겐 선택지가 너무 많다. 사실상 무한대다. 이것은 뒤집어 말하면 선택 불능을 뜻한다. 모든 정보가 깨알같이 표시된 지도 같다. 필요 이상의 정보로 인해 도리어 아무 도움이 되지 않는 것이다.

세상에는 내 취향이 아닌 음악 중에도 훌륭한 음악이 널려 있다. 이건 부인할 수 없는 진실이다. 그럼에도, 음악을 찾아 듣는 과정에서 그 과정에서 "레알 별로네." 싶은 때도 있을 것이다. 그렇다면 이렇게 생각해 보라. 별로인 게 있어야 있어야 훌륭한 것도 있는 법이다. 모든 영화가 훌륭하다고 상상해 보자. 모든 음악이 굉장하다고 가정해 보자. 훌륭함은 더 이상 훌륭함이 아니게 될 것이다. 굉장한 것이 어느새 그저 시시하게만 느껴질 것이다. 그것은, 지루하기 짝이 없는 풍경일 것이다.

같은 이유로 추천 서비스에 의존하다 보면 생경한 음악을 통해서만 느낄 수 있는 진정 놀라운 순간을 거의 만날 수 없다. 이렇게 제언하고 싶다. 진격의 거인이라도 된 것처럼 벽을 부수고 나가야 한다. 삶에서도 음악 찾기에서도 우리는 너무 로그인된 인생을 산다. 가끔은 타인으로부터 로그아웃할 필요가 있다.

나의 경우 러닝을 할 때 가능한 한 아예 모르는 곡을 플레이한다. 이 오랜 습관을 통해 발견한, 그리하여 나의 일상을 견디게 해주는 순간들을 소개한다.

'Pseudocreme'
Ebi Soda

처음 들어봤을 확률이 높은 이름일 것이다. 영국 런던 출신 재즈 밴드다. 일할 때를 제외하면 나는 거의 예외 없이 모르는 곡만 들으려 노력한다. 그 결과 발견한 보석이 바로 이 곡이다.

어떤 식당에 갈 때 우리는 이렇게 말하곤 한다. "이 집은 이거 먹으러 오는 거야." 동일한 방식으로 설명한다. "이 곡은 베이스 들으려고 듣는 거다." 기가 막힌 그루브가 당신의 몸을 꿀렁이게 할 것이다. 에비 소다는 재즈이되 전통적인 방식에 얽매이지 않고 각종 장르를 뒤섞는 것으로 유명하다. 밴드 이름 에비 소다는 일본의 음식점 이름에서 따왔다고 한다. '에비'니까 새우 관련한 음식을 하는 집이었던 모양이다.

'Eien no Blue'
Hitsujibungaku

히츠지분가쿠, 한국식 한자 발음으로 하면
양문학羊文学. 일본의 3인조 혼성 밴드다. 처음 이들의
존재를 알게 된 건 2018년 싱글 'Drama'를 통해서였다.
일단 이름이 양문학 아닌가. 대학원까지 영문학과를
다니는 사람으로서 듣지 않을 수가 없었다.

이후 한동안 커리어를 추적하지 않고 있었는데 2023년
공개한 이 곡을 몇 달 전에야 알게 됐다.
히츠지분가쿠는 한국에서도 이미 인기가 대단하다.
내한 공연 티켓이 순식간에 싹 다 팔렸다. 멜로딕하고
부담스럽지 않은 록을 즐기고 싶을 때 이만한 밴드가
진짜 없다. 'FOOL', '1999' 등도 추천한다. 또 다른
대표곡 'More Than Words'는 애니메이션 〈주술회전
2기〉(2023)의 사운드트랙으로 널리 알려졌다.

하나만 부기한다. '멜로디컬'이라는 단어는 없다.
16세기 후반까지는 존재했지만 현재는 거의 쓰지
않는다. 현대 영어에서 백만 단어당 0.01회 미만으로
사용될 만큼 사어死語에 가까워졌다.
'멜로딕'이 올바른 표현이다.

'Nigerian Marketplace'
The Oscar Peterson Trio

위대한 오스카 피터슨이 트리오를 결성해 1982년 발표한 동명 음반 타이틀이다. 몇 년 전 단골 음악 바에서 이 곡을 처음 들었다. 재즈와 클래식을 전문적으로 선곡하는 곳이다.

지금도 생생하게 떠오른다. 온 몸에 소름이 돋았다. "이 미친 연주는 뭐지?" 싶어 바로 스마트폰 앱을 켜고 음악을 검색해서 찾았다. 다음 날 아마존에서 CD 구입은 필수였다. 이 곡에서 오스카 피터슨 트리오는 생동감으로 넘치는 연주를 들려준다. 그래서 일부러 스튜디오 버전을 따로 녹음하지 않고 1981년 몽트뢰 재즈 페스티벌 라이브를 그대로 발매한 것이다.

반드시 언급해야 할 게 하나 있다. 나에게는 이상한 습관이 있다. 음악 바에 가면 곡 신청을 거의 하지 않는다. 이유는 위에 쓴 것과 동일하다. 내가 모르는 음악을 듣기 위함이다. 이 습관이 없었다면 이 곡을 알게 될 확률도 대폭 낮아졌을 것이디. 오늘도 나는 러닝할 때 모르는 음악을 듣고, 가끔 음악 바를 가도 내가 모르는 음악이 나오기를 기대한다.

모른다는 것은 부끄러운 게 아니다. 도리어 무지를
인정하고 의식적으로 실천하는 순간 우리는 어린아이의
눈으로 경이로움을 맞이할 수 있다. 편협하고 수상쩍은
지식보다는 폭넓고 솔직한 무지가 훨씬 낫다.

커피

한 남자와 커피

단 음식을 거의 먹지 않는다. 진짜다. 과자? 안 먹는다. 사탕? 안 먹는다. 케이크? 입에도 안 댄다. 단, 초콜릿은 가끔 먹는다. 맥주 마실 때 안주용으로 좋다. 처음엔 이거 어쩌나 싶었다. 디저트라는 키워드를 받았는데 그것과는 한참 거리가 먼 입맛을 가진 내가 원망스러웠다. 그러다가 문득, 정말 기적과도 같은 우연처럼, 사진 한 장이 대뇌피질을 쓱 지나갔다. 어떤 남자가 커피잔을 들고 있는 사진이었다. 그렇다. 나에게는 열두 척의 배, 아니 한 잔의 커피가 있었다. 당시 10대 초반인 나는 그 사진을 보면서 '나도 어서 빨리 커피를 마실 수 있는 나이가 되고 싶다.'는 욕망을 견뎌야 했다. 당신은 아마 그 사진의 정체가 궁금할 것이다. 이후 곡 설명에 부기하도록 한다.

처음엔 믹스커피였다. 대학 시절 몇 잔의 믹스커피를 마셨는지 당연히 셀 수 없다. 학교 가서 한 잔 마시고, 수업이 끝나면 한 잔 마셨다. 시험 기간이 되면 공부하다가 자판기에서 몇 잔 뽑아 친구들과 함께 마시고, 밤에는 학생 식당에서 밥을 먹고 또 한 잔 마셨다. 그러던 내가 이제는 달다는 이유로 믹스커피 따위 입에도 대지 않는다. 우리는 간혹 사람은 변하지 않는다고 말한다. 나도 그렇게 생각한다. 그러나 거시적으로는 안 변해도 미시적으로는 변한다. 그렇다면 당신은 설탕 뺀 블랙 믹스커피를 선택하면 되지 않느냐고 반문할 것이다. 그럴 거면 차라리 커피 전문점에 가서 아메리카노를 마시는 쪽이 낫다는 게 내 대답이다. 다시 한번 강조하고 싶다. 사람은 변하기도 하고 변하지 않기도 한다. 그것은 사람마다 다 다르다.

지금까지 수많은 커피를 마셨다. 단, 조건이 있다. 입맛이 워낙 세련되지 못한 탓에 특별한 경우가 아닌 한 아이스 아메리카노를 고집한다는 거다. 내 책 《평양냉면: 처음이라 그래 며칠 뒤엔 괜찮아져》에도 썼듯이 나는 '얼죽아'라는 말이 유행하기 훨씬 전부터 아이스 아메리카노를 고집한 이 분야의 선구자다. 바람 쌩쌩 부는 한겨울에도 밥 먹고 디저트로 아이스 아메리카노 잘 마신다. 참고로 내가 맛본 아이스 아메리카노 영순위는 미국 뉴올리언스에서였다. 스텀프타운Stumptown이라는 곳인데, 커피로 유명한 포틀랜드 지역 프랜차이즈인 걸 나중에 알았다.

커피 관련 '부심' 가질 만한 경험은 하나 더 있다. 스텀프타운이야 커피 좀 아는 마니아층에겐 워낙 유명한 곳이므로 사실상 이게 유일하다고 봐야 한다. 그렇다. 나는 아프리카 케냐와 탄자니아에서 케냐와 탄자니아 커피를 직접, 그것도 열흘 동안 매일 마셔본 사람이다. 소감을 말하자면 '찐'했다. 한국에서 마시던 것과는 비교할 수 없을 정도로 커피의 질감이 강렬하고, 농길했다. 조금 과장해서 그것은 마치 커피를 주삿바늘로 혈관에 직접 꽂는 듯한 느낌이었다.

나는 하루 최소 두 잔씩 케냐에서 케냐 커

피를 마셨다. 탄자니아로 넘어가서는 탄자니아 커피를 마셨다. 따라서 이것만큼은 아이스 아메리카노가 아니어도 괜찮았다. 과연, 사람은 세세한 영역에서만 변하는 게 아니다. 환경에 따라 맞춤형으로 변하기도 한다. 그러고는 원래 환경으로 복귀하면 내가 언제 그랬냐는 듯 능청스럽게 되돌아온다. 아이스 아메리카노가 역시 최고다. 사진 속 인물의 정체를 밝혀야 할 때다. 나에게 어른 되기의 욕망을 커피를 통해 일깨웠던 그 사내, 故 신해철이다.

[슬픈 표정 하지 말아요](1990)
신해철

거짓말 하나도 안 보태고, 전곡의 가사를 지금도 줄줄 외울 수 있다. 그중에서도 촌스러운 듯 애틋한 발라드 '슬픈 표정 하지 말아요'와 코드 네 개를 반복하는 순환 방식으로 노래, 랩, 내레이션을 오가는 '안녕'의 인기가 대단했다. 그러나 내 최애는 달랐다. '인생이란 이름의 꿈'이었다. 이때부터였을 것이다. 신해철의 곡 중 삶과 죽음, 자아 성찰과 우리가 사는 세상에 대해 노래한 음악에 특히 관심이 갔다. 이런 이유로 솔로 2집 최고 곡은 적어도 나에겐 '재즈 카페'가 아니다. '나에게 쓰는 편지'나 '길 위에서'다. 무엇보다 앨범 커버를 통해 커피에 대한 욕망을 처음 일깨워준 역사적인 앨범이다. 1990년이라는 시대적 맥락을 고려했을 때 찻잔 속 커피는 믹스였을 확률이 높다.

'Coffee and TV'
Blur

만약 커피 관련한 이야기가 라디오에서 나온다면
그 뒤에 선곡될 확률이 아주 높은 곡들 중 하나다. 한데
이 곡은 커피 예찬과는 거리가 멀다. 알코올 의존자였던
기타리스트 그레이엄 콕슨Graham Coxon이 술을 끊은
뒤에 이 미친 세상에서 멀쩡하게 살아가기가 너무
힘들다고 토로하는 곡이다. 즉, 도저히 견딜 수 없으니
커피와 TV라도 달라는 거다.

그러나 라디오에서의 선곡은 단순할수록 좋을 수 있다.
여기는 미국이나 영국이 아니다. 제목이 주는 직관성이
도리어 중요할 때가 있다는 의미다. 한번 상상해 보라.
디제이가 라디오에서 커피 얘기 한참 한 뒤에 "블러의
'Coffee and TV'는 사실 커피 찬가가 아니에요.
어쩌고저쩌고…" 하면 이 사람은 지식 자랑하려고
디제이를 하는 건가 싶지 않겠나. 그러니까, 이 곡을
들으면서 커피를 마셔도 아무 문제 없다. 본인이
원하는 대로 받아들여도 괜찮다.

'스모우크핫커피리필'
3호선 버터플라이

"스모우크 핫커피 리필 / 달이 뜨지 않고 니가 뜨는 밤."
곡 형식은 발라드라고 봐야 한다. 동일한 가사를
지속적으로 반복하면서 사운드의 덩치가 서서히
커지고, 곳곳에 노이즈가 스며든다. 이 곡을 쓴
성기완은 빼어난 뮤지션이자 탁월한 시인이다.

먼저, 스모크를 스모우크로 일부러 발음하면서 독특한
서정미를 획득한다. 여기에 노이즈를 스포팅Spotting
기법(마치 얼룩처럼 사운드 군데군데 배게 하는 것)으로
도입해 도무지 잊히지 않는 순간을 포착한다. 기실
소음이란 대상의 속성이 아닌 주체의 반응으로
결정되는 것이다. 따라서 시대와 상황, 개인 취향에
따라 끊임없이 정의가 바뀔 수밖에 없다. 소음이란
따라서 '관계'다. 이런 점을 고려할 때 성기완은 시와
음악을 통해 화음과 소음의 경계를 흐릿하게 만들고자
하는 예술가다. 그에게 소리의 의미는 이미 정해진 것이
아니다. 그의 음악 안에서 소리는 끊임없이 구성되고
해체되고 재구성된다. 이 곡, 내가 아주 가끔씩 따뜻한
커피를 마실 때마다 즐겨 찾는 노래다. 못 들어봤다면
꼭 감상해 보기를 권한다.

02

아름다움은 아름다운 것만 바라보고 추구한다고
해서 성취할 수 있는 성질의 것이 아니다.
오히려 반대다. 빛과 희망이 아닌 비극을 직시할
수 있는 용기를 지녔을 때 우리는 내면의
아름다움, 겨우 싹 틔울 수 있을 것이다.

— 〈아름다움〉 중에서

감정과 기억

가족

사소한 것들부터

가족에 대해 생각하면 따뜻해지는 동시에 좀 슬퍼진다. 이유는 여러분이 예상하는 그대로다. 생전 해드리지 못한 일들 때문이다. 마음 한그석에 고인 후회의 찌꺼기가 좀체 지워지지 않기 때문이다.

어린 시절 꽤 잘살았다. 집에는 레고와 게임이 넘쳐났다. 1980년대 중반이었다. 레고와 패미컴으로 대표되는 가정용 게임기는 곧 권력이었다. 또래 친구들의 인기를 얻을 가장 강력한 유혹의 기술이었다. 아이들은 우리 집으로 시도 때도 없이 찾아왔다. 내가 좋아서는 물론 아니었다. 게임 한 판 하고 싶은 욕망 때문이었다. 그던 우리 집이 몰락한 시기는 정확히 IMF와 맞물린다. 집안 경제가 무너지고, 부모님의 결별이 이어졌다.

　　20대 중반부터 7-8년간 아빠랑 지하 단칸 방에서 쭉 살았다. '가족' 하면 이제는 세상을 떠난 아빠를 떠올릴 수밖에 없는 이유다. 아들이라서 하는 얘기가 아니다. 내 아빠는 정말이지 "사람이 이렇게 좋아도 될까?" 싶을 정도로 선한 사람이었다. 장담하건대 평생에 걸쳐 아빠보다 착한 사람을 본 적이 없다. 사업이 번창할 때 그가 행한 나눔을 잊지 못한다. 그랬던 그가, 경제력을 상실하면서 점차 '식물'처럼 변했다. 결국 치매가 왔고, 뭐 하나 제대로 누려보지도 못한 채 눈을 감았다. 내가 그나마 먹고살 만해진 건 아빠의 죽음 뒤부터였다. 그가 나를 위해 남긴 마지막 축복일 것이다.

　　작은 에피소드가 하나 떠오른다. 어느 날 아빠가 아들이 신는 구두를 열심히 닦아놓으셨는데 문제가 있었다. 그 구두가 선명한 노란 줄로 유명한 그 브랜드였다는 거다. 구두약을 하도 꼼꼼히 바르신 덕에 노란 줄이 다 꺼멓게 되어버렸다. 되돌릴 수 없었다. 그걸 목격한 순간 아빠에게 짜증과 화를 엄청나게 냈던 게 기억난다. 이래선 안 된다는 걸 알면서도 그랬다. 그가 서상을 떠난 지 어느덧 10년이 넘었다. 지금까지도 나를 후회에 빠트리는 기억은 뭐 거창한 게 아니다. 이런 자잘한 것이 끝내 잊히지 않는다. 마치 발작처럼 찾아와서 사람 울컥하게 만든다. 이 글을 쓰는 순간에도 나 자신을 한 대 때리고 싶은 충동이 든다. 한심하다. 참으로 한심하고, 멍청하다.

나도 알고 있다. 저 유명한 소설 《안나 카레니나》의 첫 문장, "행복한 가정은 모두 비슷한 이유로 행복하지만 불행한 가정은 저마다의 이유로 불행하다."라는 진실을 모르지 않는다. 요컨대 만약 당신의 가족이 어느 정도는 형복한 상태라면 부디 나처럼 후회하지 말고 있을 때 잘하라고 당부하고 싶다. 인간이란 참 교활하다. 정작 잘해줘야 할 대상에게는 '편하다'는 이유로 함부로 대하던 경험, 나뿐만은 아닐 것이다. 따라서 '강자에게는 약하고 약자에게는 강하다'고 누군가를 비난할 자격 따위 우리에겐 없다. 너나없이 우리는 모두 선택적 분노의 노예다.

진심으로 부탁하고 싶다. 살다 보면 후회의

구렁텅이에 빠지지 않을 도리는 없다. 다만 그 깊이를 조금 낮출 수는 있을 것이다. 그러려면 일단 사소한 것들부터 지켜야 한다. 과연, 우리를 구원하는 건 대단한 뭔가가 아니다. 사소함이다. 가족과 관련해서도 이것은 보편타당한 진리다.

‘Brahms Symphony No. 3 In F Major
Op. 90: Poco Allegretto’
Herbert von Karajan,
Wiener Philharmoniker

내가 클래식을 그나마 조금 알고 있는 건 모두 아빠
덕이다. 어린 시절부터 늘 가곡이나 클래식을
틀어놓으셨다. 그중에서도 이 곡을 처음 들었을 때를
잊지 못한다. "세상에는 이렇게 아름다운 음악이
있구나." 싶었다. 혹시 클래식을 잘 모르더라도 걱정할
필요는 없다. 곡이 시작하자마자 "이 곡은 나도 알지."
싶을 정도로 친숙한 선율이 흐를 테니까.

브람스 교향곡 3번 3악장의 특징은 애수 넘치는 왈츠풍
리듬이다. 브람스의 내성적인 성격을 이보다 더 잘
묘사하는 작품은 없다고 평가받는다. 브람스는 죽기
전까지 총 4개의 교향곡을 남겼다. 그중 이 3번은 연주
시간이 가장 짧다. 만약 브람스 교향곡에 입문하고
싶다면 1번 혹은 이 3번을 추천한다. 프랑수아즈 사강이
괜히 《브람스를 좋아하세요…》라는 소설을 썼겠나.
이 연주 들으면서 읽어보기 비란다.

'Hero'
Family of the Year

영화 〈보이후드〉(2014)의 마지막 장면에 흐르는
노래다. 대강의 스토리는 이렇다. 한 가족이 있다.
부모님은 이혼한 상태고 아들과 딸은 엄마와 살고 있다.
가끔 아빠가 찾아와서 같이 논다. 그런 아들과 딸이
어느덧 성장하고, 아들은 집을 떠나 대학에 갈
준비를 한다. 이게 전부다.

그렇다면 우리는 대개 다음 같은 기대를 마음에
품는다. 부모님의 둥지를 마침내 떠난 아들은 최소
명문대에 들어가 부모님을 기쁘게 할 것이다. 그것도
아니라면 커다란 좌절을 겪은 뒤 각성의 시간을 거쳐
뭔가 대단한 성취를 이룰 수도 있다.
그러나 이 영화는 정반대로 향한다.

영화의 탁월한 점은 아들이 시간이 흐른 뒤 특별한
사람이 전혀 되어 있지 않다는 거다. 엄마는 혼자 자식
둘을 키운 고된 세월을 돌아보면서 아무렇지도 않게
집을 떠나려는 아들을 향해 이렇게 내뱉는다. "I just
thought there would be more (난 (내 인생에) 뭔가 더
있을 줄 알았어)." 그런데 인생이 다 이런 거 아니겠나.

나는 부모가 자식에게 "넌 특별하다"고 과하게
강요해서는 안 된다고 생각한다. 자식의 특별함을 통해
자기 인생을 보상 받길 원하는 마음 또한 어떻게든
애써서 지워야 한다고 생각한다. 그러다가 특별해지지
않으면 그 아이의 좌절은 어떻게 보상할 것인가.
일본의 사상가 우치다 다쓰루의 교육관이 도움이 될 수
있다. 그에 따르면, 교사의 역할은 아이의 자기 확신을
무작정 북돋는 것이 아니라 과대해진 자기평가를
객관적으로 인식하도록 조율하는 것이다.
부모도 마찬가지일 것이다.

영화의 끝에 흐르는 이 곡의 가사는 다음과 같다.

"나를 그냥 보내줘요 / 당신의 영웅이 되고 싶진 않아요 /
중요한 사람이 되길 원한 것도 다니고요."

'Dance with My Father'
Luther Vandross

루서 밴드로스Luther Vandross의 버전으로 유명한
노래다. 아마 이 곡을 모르는 사람은 거의 없을 것이다.
한데 곡을 창작한 사람은 루서 밴드로스 혼자가 아니다.
뮤지션 리처드 막스Richard Marx와 공동으로 만들었다.
'Right Here Waiting', 'Now And Forever'로
널리 알려진 그 가수다.

곡 줄거리는 예상하는 그대로다. 어린 시절
거실에서 함께 손잡고 춤췄던 아빠와의 추억을
되새김질하는 내용이다. 곡을 자주 찾아 듣지는 않는다.
너무 많이 들었기 때문이 아니다. 눈물 버튼이 바로
눌릴 것이기 때문이다. 후회의 찌꺼기가 다시
불타오르면 아무래도 좀 힘들기 때문이다. 어쨌든
이 곡, 루서 밴드로스를 주고도 좀 미련이 남았나 보다.
리처드 막스 본인이 직접 부른 버전이 있다.
이 버전도 스트리밍 사이트에서 찾을 수 있다.
하지만 루서 밴드로스의 것이 확실히 낫다.

편지

어쩔 수 없는 편지

'편지' 하면 어쩔 수 없다. 군대 이야기를 해야 한다. 나는 1998년에 입대해 2000년에 제대했다. 즉, 군 생활 내내 인터넷이라고는 접해보지 못했다는 뜻이다. 혹시 강원도 인제군 서화면 천도리 가봤나. 진짜 춥다. 여름에는 또 무지하게 덥다. 삭막하기 짝이 없는 군 생활에 숨통이 되어준 존재는 오직 하나, 편지뿐이었다. 편지가 오면 기뻤고, 편지가 오지 않으면 우울했다. 유독 편지를 많이 받는 동기는 곧 동경의 대상이었다. 괜히 편지 내용이 궁금했고, 그가 어떤 사람과 교류하는지 알고 싶었다. 그랬다. 어리석은 나는 군대에 가서야 겨우 절감했다. 누군가에게 안부를 묻고, 느군가가 내 안부를 궁금해한다는 게 삶에 있어 얼마나 귀한 것인지를 그제야 깨달았다.

불현듯 배우 故 키키 키린Kiki Kirin의 인터뷰가 떠오른다. 나는 어떤 직업에 오래 종사한 사람의 인터뷰를 찾아서 정독하는 버릇이 있는데, 정말 인상적인 인터뷰 중 하나가 이것이었다. 이유는 소설가 김훈의 언급으로 대체할 수 있을 것이다. 정확한 워딩은 기억하기 힘들지만 내용은 이랬다. '책이라고는 거의 읽지 않았지만 평생을 농사일에 바친 사람과 얘기 나눠보라. 그 사람이 철학자에 가깝다는 걸 알 수 있을 테니까.'♦

(물론 책도 많이 읽으셨겠지만) 키키 키린의 인터뷰가 나에겐 그랬다. 그가 암 투병 중에 했던 것이었다. 인터뷰를 읽는 내내 그에게 다가올 죽음의 그림자가 글자 뒤에서 일렁이는 듯한 느낌이 들었다. 그는 죽음에 대해 이렇게 말했다.

"인간은 언젠가는 죽는 것이 아니라 '언제든' 죽습니다. 지금은 그렇게 생각하면서 살아가고 싶습니다. 누구든 인생의 어딘가에서 꿈이나 이상을 포기할 때가 옵니다. 그렇다 해도 '아, 차가 맛

있구나., '아, 무사히 태풍이 지나갔구나.' 하고 사소한 행복을 느낀다면 그 어떤 현실도 그리 나쁘지만은 않을 것입니다."♦♦

이 인터뷰를 다시 보면서 안부를 묻는다는 행위에 대해 생각한다. 내가 당신에게 안부 묻는 것은 뭐 특별한 이벤트가 있어서가 아니다. 안부는 평범한 일상 속에 스며들 때 도리어 의미를 지닌다. 차가 맛있다는 것, 태풍이 지나갔다는 것, 이 모든 게 나의 안부가 될 수 있다. 우리는 기어코 자주 안부 물어야 한다. 안부는 어디까지나 다다익선이라는 점을 명심해야 한다.

언제나 후회한다. 뭐가 그렇게 바빠서 돌아가신 아빠에게 자주 안부 묻지 못했던 걸까. 내일은 한동안 안부 묻지 못했던 친구에게 전화를 걸어야겠다. 아니다. 곧장 스마트폰을 들어서 방금 통화했고, 조만간 꼭 만나기로 했다. 이 세상에는 하고 나면 참 별거 아닌데 이상하게 잘 안 하게 되는 것들이 있다. 그중 하나가 안부 묻기 아닐까 싶다.

'가을편지'
김민기

봄이지만 어쩔 수 없다. "가을엔 편지를 하겠어요. 누구라도 그대가 되어 받아주세요."라는 노랫말을 생각할 때마다 내 마음속은 무너지는 동시에 충만해진다. 이런 곡을 사랑한다. 모순적인 방식으로 나를 기어코 쭉 끌어당기는 곡이다. 맑고 청아한 양희은의 재해석도 좋지만 역시 김민기의 설득력을 넘어설 순 없다. 원곡은 1971년 최양숙. 이 곡이 커버라는 사실을 모르는 사람이 여전히 많다. 그만큼 김민기의 해석이 탁월했다는 증거일 터다. 이 곡에 매력을 느낀 수많은 가수가 커버에 도전했지만, 김민기의 아성을 넘어선 경우는 없다고 본다. 특히 이런 곡에 잔기교를 부려서는 결단코 안 된다. 컨템퍼러리 알앤비 스타일로 커버한 몇몇 노래를 도저히 들을 수 없는 이유다. 나윤선의 커버가 그중 제일 낫다.

어쨌든, 굳이 편지로 안부 묻지 않아도 괜찮다. 지금 당장 전화기를 들자. 상대도 당신의 안부를 마침 궁금해하고 있을 것이다.

'꿈에'
박정현

내가 생각하는 박정현 최고의 곡이다. 더 나아가
2002년을 넘어 한국 가요 역사에 아로새겨야 마땅할
위대한 성취라고 확신한다. 정말이지 언제 들어도
소름이 쫙쫙 돋는다.

이 곡이 노래하는 것처럼 안부를 차마 물어볼 수 없거나
안부를 묻는 게 불가능한 관계 또한 있다는 것, 잘 안다.
그럴 때마다 우리는 꿈에서 상대의 안부를 묻는다.
더 나아가 상대를 만나기도 한다. 그러고는 마침내 안부
묻지 못하는 깊은 슬픔을 받아들인다.
이 곡이 수많은 사람을 울린 이유다.

나도 그랬다. 연인은 아니고, 돌아가신 아빠를 가끔
꿈에서 만난다. 프로이트가 맞다면 내가 나를 아직
용서하지 못하고 있기 때문일 것이다. 세상을 떠나시기
전까지 최선을 다하지 못했다는 자책을 멈추지 않기
때문일 것이다. 더 큰 문제는, 설령 최선을 다했다 쳐도
최선을 다하지 않은 것처럼 느껴질 수밖에 없다는 데
있다. 스스로 가하는 이 정신적 매질은 어쩌면 내가
죽는 그 순간까지 사라지지 않을 것이다.

'아무 일도 없던 것처럼…'
이승열

이 글을 쓰는 와중에 부고를 접했다. 영화음악가이자
밴드 유앤미블루의 멤버였던 방준석의 사망
소식이었다. 그가 만든 음악에는 열광했지만 나는 그를
잘 알지 못한다. 방송으로 한 차례 만난 게 전부다.

들리는 바에 따르면 암으로 오래 고생했고, 이로 인해
세상을 떠났다고 한다. 그가 일군 음악적인 성취는
이견의 여지없이 찬란하다. 유앤미블루만이 아니다.
영화음악가로, 백현진과 함께한 2인조 방백의 멤버로
좋은 곡을 숱하게 남겼다.

이상하다. 아티스트의 죽음에 대체로 동요하지 않는
편인데 이 곡을 들으면서 눈물 흘렸다. 신해철의 죽음
이후 처음인 것 같다. 이유는 알 수 없지만 뉴스를 접한
뒤로 계속 이 노래가 머릿속을 맴돌았다. 유앤미블루의
동료였던 이승열이 방준석을 위해 부르는 조곡弔曲처럼
들린 까닭이다. 이 곡으로 뒤늦게나마 그의 안부를
묻는다. 고인의 명복을 빈다.

이건 아름다운 노래가 아니야

50대를 향해 가다 보니 인생에 대한 이런저런 질문을 받는다. 대개는 방향을 잡지 못해 갈팡질팡하거나 딛고 서 있는 자리가 불안해 생기는 물음들이다. 결혼 관련 궁금증도 마찬가지다. "대체 어떤 사람과 결혼해야 하나요?" 여러분도 궁금할 거라고 생각한다. 비혼주의를 고수하는 청년이 급증한다고 해도 누군가는 결혼하고 백년가약을 맺는다. 아니, 대체 그들은 어떤 확신이 들었길래 둘이 한평생 함께하기로 다짐한 걸까.

비혼주의만큼이나 과거에 비해 급증한 게 이혼율이다. 이걸 부인할 수는 없다. 그렇다고 해서 결혼하면서 동시에 이혼까지 고려하는 커플이 존재할 리 없다. 모두 죽기 직전까지 저 사람과 함께라면 '대체로' 행복할 거라고 여기면서 식장 문을 두드린다.

주위를 쭉 한번 둘러본다. 엑스레이처럼 사람을 투시할 수 있는 심미안 따위 내게 없지만 어쨌든 '대체로' 행복해 보이는 커플을 몇몇 떠올려본다. 물론 이게 정답이라고 말할 순 없다. 그들이 행복해 보인다는 건 이를테면 나만의 느낌이다.

이렇게 말하고 싶다. "혼자 있기를 두려워하지 않는 사람과 하라." 결혼한다고 해서 샴쌍둥이가 되는 건 아니다. 둘 중 하나는 출장을 떠날 수도 있고, 피치 못한 사정으로 주말부부가 될지도 모를 일이다. 가족이 너무나 소중해 친구들과의 약속을 통째로 불참한다는 건 불가능에 가깝다. 결국, 혼자 있는 시간은 어떻게든 발생한다. 이 혼자일 때가 무척 중요하다.

물론 예외도 있다. 다만, 모든 조언에는, 설사 그 조언이 거의 진리에 가깝다 치더라도 필연적으로 구멍이 뚫려 있음을 알아주기 바란다. 구멍 없는 조언은 없다. 즉, 모든 예외의 수를 상쇄할

진리라는 건 유니콘과 같다. 바꿔 말하면 혼자 있기를 극도로 싫어하는 사람일지라도 성공적인 결혼 생활을 영위하는 경우가 어디엔가 분명히 존재한다는 거다. 내 주변에도 한 명 있다. 그는 엄청난 마당발이다. 친구가 진짜 많다. 선후배까지 합하면 차고도 넘친다. 일주일이라는 시계가 턱없이 부족해 보일 정도다. 그런 와중에도 그는 아내와 함께하는 시간을 어떻게든 내서 추억을 공유한다. 그러니까, 결국 태도의 문제라는 거다. 어쩌면 체력의 문제일 수도 있고.

여기까지가 결혼에 대해 내가 해줄 수 있는 최선의 코멘트다. 자기 혼자서도 잘 먹고 잘 노는 사람과 만나라. 여러분 주변에도 혼자 있기만 하면 불안을 이기지 못해 우왕좌왕하는 사람이 있을 것이다. 글쎄. 그 사람 잘못은 아니지만 외로움을 견디지 못하는 건 10대, 20대 시절만으로 족하지 않나. "인생은 어차피 독고다이"라는 격언이 괜히 생긴 게 아니다.

따르르르릉. 전화가 온다. "오늘 저녁은 혼자 먹어. 나 일 늦게 끝나." 기회다. 그간 도무지 갖지 못한 나만의 시간을 만들 수 있겠다. 아, 고민된다. 저녁은 뭘 먹어야 잘 먹었다고 소문날까. 돈가스? 라면? 국밥? 평양냉면? 기왕 이렇게 된 거 돈 좀 써서 오랜만에 스시나 먹어볼까? 이거 참, 세상은 넓고 맛있는 건 많다. 저녁 먹으면서는 뭘 할까. 가는 길에 책방에 들러 책을 한권 살까? 아, 어제 다 못 본 드라마가 있었지. 정주행 각이다. 다 먹고 집에 가면 씻고 소파에 누워서 책이나 봐야지. 나는 집에서 함부로 앉아 있지 않는 사람이니까.

최근 들어 청첩장 받는 횟수가 부쩍 늘었다. 실제로 코로나19가 일상화되면서 미루고 미루던 결혼식을 이제야 치르는 커플이 많다고 한다. 부디 그들이 서로 간의 영역을 존중하면서 오랜 시간 행복하기를 바란다.

여기, 결혼을 앞두었거나 결혼을 꿈꾸는 사람들을 위한 노래 두 곡을 모아봤다. 둘 다 일반적으로 상상하는, 마냥 아름답기만 한 곡은 아님을 미리 밝힌다. 시작부터 끝까지 완전무결한 결혼 생활이란 영화에서나 가능하다는 걸 간접적으로나마 알려주려는 의도다.

'Sugar'
Maroon 5

뮤직비디오가 무엇보다 화제였다. 마치 결혼식장에
몰래 숨어 들어가서 축가를 불러주는 컨셉트가 제대로
먹혔고, 공전의 히트로 나아가는 밑판을 마련했다.
뮤직비디오 연출을 맡은 감독은 데이비드 돕킨David
Dobkin. 인터뷰에 따르면 애덤 르빈Adam Levine 쪽에서
감독을 맡아달라고 요청했다고 한다.
데이비드 돕킨이 감독한 〈웨딩 크래셔〉(2006)를
인상적으로 봤기 때문이다.

〈웨딩 크래셔〉는 결혼식에 난입하는 두 남자에 관한
이야기를 담고 있는 영화다. 그래서인지 돕킨이 먼저
영화와 비슷하게 "결혼식에 서프라이즈 밴드로
등장하면 어떨까?"라는 아이디어를 애덤 르빈에게
제안했다고 전해진다.

최초 계획은 커플 모두에게 알리지 않고 몰래 잠입하는
것이었다. 그러나 거듭 회의한 끝에 '신랑'에게만 알리는
것으로 계획을 수정했고, 대신 밴드의 정체는 밝히지
않았다. 그저 '그래미상을 받은 굉장히 유명한 밴드'
정도의 정보만 제공했다고 한다. 나중 몇몇 신랑이 너무

긴장한 나머지 "못할 것 같다."라고 하자 마룬
파이브임을 밝히고 재차 설득해
촬영에 들어갈 수 있었다.

결혼식이 열린 장소는 캘리포니아 로스앤젤레스에
있는 여러 연회장이었다.
한 결혼식장에서는 엘리베이터가 고장 난 나머지
멤버 전원이 9층 계단을 뛰어 올라가야 했다는
일화가 전해진다.

'Every Breath You Take'
The Police

일차원적으로 봤을 때 이것은 사랑 노래다. 지금 들어도 세련된 기타 리프 위로 흐르는 가사를 일단 읽어보라.

"당신의 모든 숨결 당신의 모든 걸음 /
나는 그걸 지켜볼 거예요."

그러나 작곡자인 스팅Sting이 고백한 것처럼 'Every Breath You Take'는 "정말 고약한 노래"다. 그의 말을 좀 더 들어본다. "어떻게 보면 사악하다고까지 할 수 있어요. 질투와 감시, 소유욕에 관한 거니까요."

얼마 전 배철수의 음악캠프를 통해서 문자를 받았다. 내용을 요약하면 이렇다. "연말인데 'Every Breath You Take'를 신청하고 싶어요. 이 곡만 들으면 마음이 몽글몽글해지거든요." 성질 급한 나는 곧장 답변을 보냈다. "그 곡은 사실 완전히 반대라고 할 수 있습니다. 설명해 드리면 어쩌고저쩌고." 곧장 후회했다. 가사를 정확히 몰라도 아무 상관 없다고 이런저런 방송이나 글을 통해 얘기했으면서 괜한 짓을 했구나 싶었다. 진심으로 그렇게 생각한다. 알면 물론 좋다. 그러나 몰라도 문제 될 것은 없다. 그럼에도, 굳이 가치를 찾는다면 이 곡은 결혼 생활에 반면교사가 되어줄 수 있을 것이다. 질투와 감시, 소유욕을 통해 병드는 건 결국 상대방이 아닌 자신일 테니까.

건강

육체와 정신의 관계

몇 년 전 수술을 했다. 요약하면 건강 검진 결과 신장에서 암으로 전이될 수 있는 게 발견됐고, 이걸 부위째, 정확하게는 좌측 콩팥의 일부를 잘라내는 수술이었다. 연대 세브란스에서 했고, 로봇 수술로 했다. 왜 로봇 수술을 강조하는지 그 이유는 나중에 적는다. 전신 마취하고 수술을 했는데, 다행히 종양은 아니었다. 아직도 기억한다. "무통 주사는 비급여인데 신청하시겠습니까?" 당연히 그러겠다고 답했다. 명색이 무통 주사 아닌가. 선택 아닌 필수였다. 수술 후 겪어야 할 고통을 현격히 감소시켜 줄 거라고 여겼다.

이런 이유로 처음엔 별거 아닐 즐 알았다.

'뭐, 내시경처럼 자고 일어나면 깔끔하게 끝나 있겠지. 무통 주사도 맞았는데 문제 있겠어?'하면서 전신 마취 주삿바늘 들어가는 걸 봤나? 어쨌든 여러분. 그거 아니다. 무통 주사 이름 바꿔야 한다. 감통 주사든 뭐든 아무튼 바꿔야 한다.

수술이 끝나고 복부에 구멍이 총 다섯 개 뚫려 있었다. '로봇 수술 아니었다면 저 배를 갈라야 했겠지.' 따위의 생각은 물론 들지 않았다. 너무 고통스러웠기 때문이다. 나는 현대 의학과 과학을 깊이 신뢰한다. 무통 주사 신청 안 했으면 '이보다 더한 고통이 설마 있을까 싶은데 아이코 여기 있네.' 싶은 고통이 나를 맞이했을 게 분명하다. 과장 하나 안 보태고 허리조차 펼 수 없었다. 너무 아픈 나머지 그냥 누워만 있고 싶었다.

의사는 걸어야 빨리 낫는다고 말했다. 힘들더라도 육체를 움직여야 회복 속도가 빨라진다고 거듭 강조했다. 처음엔 좀 화가 났다. 아파 죽겠는데 왜 자꾸 걸으라고 하는지 이해할 수 없었다. 그럼에도, 다 이유가 있겠지 싶어 어떻게든 걸으려고 애썼다. 놀라웠다. 조금씩 걸을수록 몸이 회복되는 게 느껴졌다. 역시 전문가의 말은 일단 따르고 보는 게 상책이다. 사족이지만 이런 생각도 했다. 앞으로 종교적인 이유로 출산하는 아내의 무통 주사 거부하는 남편이 있다면 이 몸이 직접 가서(이하 생략)….

이제부터는 좀 더 실용적인 조언을 하고 싶다. 배를 가르는 수술과 로봇 수술에는 두 가지 차이가 있다. 하나는 좀 전에 말한 인간이 수술 후 감당해야 할 고통의 차이, 또 다른 하나는 바로 수술비다. 내가 알기로 다섯 배 정도 더 든다고 한다. 내가 낸 로봇 수술비는 대략 1,000만 원 선이었다. 인터넷에 로봇 수술이라고 치면 다 나온다. 알아두면 나쁠 거 없다.

그리하여 결론은 다음과 같다. 제발, 부디, 다른 건 몰라도 이 다섯 개는 기억하기 바란다. 이것만 실천해도 여러분 인생, 절반은 성공이다.

1. 건강 안 하면 모든 게 무소용이다. 정신일도 하사불성精神一到 何事不成도 견실한 육체가 뒷받침되어야 한다는 점을 명심하자. 형식이 실

질을 결정하는 것과 비슷한 이치다. "정신력은 체력의 보호 없이는 구호밖에 안 돼." 드라마 〈미생〉(2014)에 나오는 대사다.

2. 우리는 건강하지 못하고 아플 때만 건강을 의식한다. 건강의 역설이다. 그러니까 바쁘다는 소리 하지 말고 건강 검진 때가 되면 꼬박꼬박 받아야 한다. 검진할 만한 금전적 여력이 있다는 것만으로도 나쁘지 않게 산 거다. 시간을 내라. 내려고 하면 또 만들어진다.

3. 보험 잘 들어놓아야 한다. 나중에 효자 돈 된다. 부모 은혜라고는 모르는 자식보다 이게 백배는 낫고 안전하다.

4. 대개 육체가 정신을 지배한다. 다시 한번 강조하고 싶다. 정신이 육체를 지배한다는 믿음은 환상에 불과하다. 우울증 걸린 사람에게 가장 필요한 것이 누군가의 헛된 위로가 아닌, '약 처방'과 '운동'이라는 게 증명한다.

5. 수술을 받은 뒤 운동을 해야겠다 싶어 일주일에 최소 5일, 땀이 줄줄 흐를 때까지 걷고 뛰고를 반복한다. 이렇게 운동하면 (운동을 하는 독자

는 다 동의하겠지만) 정신까지 맑아진다. 그러니까 마음에 새기자. 정신이 육체를 지배하는 건 방독면도 안 쓰고 화생방실 덜컥 들어간 최딘수 형이나 가능할 경지다.

다음은 내 육체를 움직여 운동할 때 듣는 곡들이다. 어제도 플레이하면서 걷고, 뛰었다.

'호수'
전유동

템포를 끌어올려야 한다. 잔잔하게 시작했다가 서서히 고조되는 형식의 곡이 딱 들어맞을 것이다. 이 곡이 그렇다. 전유동은 최근 인디 신에서 가장 주목받는 싱어송라이터다. 일단 작곡을 끝내주게 잘하는데 곡의 '입체성'을 기막히게 구현해 낼 줄 안다. 특히 후반부의 도돌이표처럼 반복되면서 소리의 덩치를 키워나가는 구간의 감흥이 굉장하다. 마치 호수의 파장이 저 멀리까지 퍼져나가는 듯한 이미지를 사운드로 구현한 것이다. 곡이 시작하고 얼마 지나지 않아 듣게 되는 기타 스트로크는 최초의 파장을 뜻한다.

한동안 이 곡을 끼고 살았다. 요즘은 덜 듣는다. 오래 듣고 싶기 때문이다. 나는 이런 곡이 지겨워지는 걸 원하지 않는다. 이 곡 듣고, 진심으로 감동했다. 운동을 할 때든 아니든 꼭 감상해 보길 권한다.

'The Seventh Season'
New Trolls

뉴 트롤스 하면 한국에서는 거의 딱 한 곡으로만 인식되어 있다. 저 유명한 'Concerto Grosso n.1: 2° Tempo: Adagio (Shadows)'다. 참고로 이 곡의 제목은 콘체르토 그로소 1번 2악장 정도 된다. 뒤에 적힌 아다지오는 곡의 빠르기를 뜻한다. 'Shadows'는 부제다. 한데 한국에서는 그냥 '아다지오'로 통한다.

어쨌든 이들의 또 다른 곡인 'The Seventh Season'은 록과 클래식의 결합이라는, 뉴 트롤스의 음악적 지향을 압축해서 들려준다. 적절한 속도로 달리기를 유지하는 데 이만큼 좋은 노래가 없다. 요즘 계속 애용하는 중이다. 만약 뉴 트롤스의 진가를 깊게 알고 싶다면 [Concerto Grosso Trilogy Live](2013)가 단연 최고다. 이들의 걸작 대부분을 잘 녹음된 라이브로 감상할 수 있다.

'Fly With The Wind'
McCoy Tyner

곡 제목 그대로다. 보통 속도로 달리다가 무릎에 무리가
가지 않는 선에서 이 곡을 들으며 좀 더 빠르게 뛴다.
맥코이 타이너는 재즈계의 '찐전설' 피아니스트다.
저 위대한 색소폰 연주가 존 콜트레인John Coltrane이
결성한 콰르텟의 멤버였고, 솔로로도 명곡을 여럿
발표했다. 그는 현대 재즈 피아노에
엄청난 영향을 미친 연주자다.

'Fly With The Wind'는 20대 시절 나에게 재즈의 멋을
처음 알려준 곡이기도 하다. 나는 기본적으로 록
키드다. 솔직히 젊었을 적 재즈를 좀 무시했다.
이해도 못 하는 음악을 폼 잡으려고 듣는 거라고
내 맘대로 생각했다. 그 시절을 통렬하게 반성한다.
대략 40대 이후부터 재즈를 하나둘 파기 시작했다.
올해 내가 갔던 공연 중 거의 절반이 재즈 라이브였다.
그 모든 출발에 이 곡이 있는 셈이다.

아름다움

아름다움 한 조각

'내면의 아름다움'이라. 나하곤 사소한 연관도 없을 저 단어 앞에서 우물쭈물하는 중이다. 내면의 중요성을 모르지 않는다. 당연히 그렇다. 나이 들면서 육체는 쇠퇴를 피할 수 없지만 어떤 정신은 또렷해진다. 거기에 깊이가 스며들고, 때로는 확장마저 일궈낸다. 그리하여 누군가는 보통 사람의 삶을 사는 철학자가 된다.

육체의 전성기는 보통 20더 혹은 30대다. 반면 내면의 전성기는 60대, 70대가 되어서야 강림할 수도 있다. 어떤 분을 예로 들면 좋을까 싶어 내 방 책장을 쭉 둘러본다. 故 황현산 선생이 쓴 《밤이 선생이다》가 유독 눈에 띈다. 그래. 맞아. 저런 분이야말로 내면의 아름다움을 지녔던 경우라고 할 수 있겠지. 적어도 지금의 나에게는 어림 반 푼어치도 없을 아득한 경지다. 고요한 듯 준엄하게 치솟은 산봉우리다.

　　그래서일까. 행여 나에게는 영영 찾아오지 않을 수도 있겠다 생각하면 등골이 오싹해진다. 숨이 턱 막힌다. 대체 어떻게 하면 내면의 아름다움, 길어낼 수 있단 말인가. 나는 어제도 술에 취해 개똥 같은 글을 인터넷에 싸질렀다. 오해 말기를 바란다. 나는 평생 악플 따위 달아본 적 없다.

　　진짜다. 그럼에도, 자고 일어나면 땅을 치고 후회할 게 뻔한 글을, 내일 후회할 줄 알면서도 쓴다. 이거 참, 멍청하기 이를 데가 없다. 그 와중에 좀 있어 보이고 싶은 욕망에 이런저런 수식은 왜 이리 주렁주렁 달아놓았는지 모를 일이다. 온갖 수사로 가득한 내 글이 조금씩 정돈되고, 뼈대만 남은 채로 핵심을 찌를 수 있기를 바라고 또 바란다. 주어와 동사, 형용사 몇 개로 잊히지 않는 문장을 쓸 수 있길 소원한다.

　　비단 글쓰기의 영역에서만은 아니다. 내가

자기 자신을 유지할 줄 알고, 자기도취의 블랙홀에 빠지지 않기를 갈망한다. 그런데 영 쉽지가 않다. 이렇게 생각한다. 아름다움은 아름다운 것만 바라보고 추구한다고 해서 성취할 수 있는 성질의 것이 아니다. 오히려 반대다. 빛과 희망이 아닌 비극을 직시할 용기를 발휘할 때 내면의 아름다움은 겨우 싹 틀 수 있을 것이다.

영화 보기를 논해보자. 이 세상에는 그저 넋 놓고 보는 영화가 있는 반면 (문법적으로는 오류지만) '보아내야 하는' 영화가 있다. 혹시 전쟁이 낳은 비극을 그린 영화 〈그을린 사랑〉(2010)을 본 적 있나. 이 영화를 본다는 건 정말이지 고통스러운 결정이다. 그러나 어떻게든 그걸 보아내는 순간, 당신의 내면이 송두리째 흔들리는 경험을 하게 될 것이다.

어디 〈그을린 사랑〉뿐일까. 당신이 애써 찾지 않아 그렇지 엄존하고 있는 세계의 비극에 대해 고민하게 해줄 영화 목록에는 끝이 없다. 물론 불편할 것이다. 그러나 무라카미 하루키가 자신의 저서에서 여러차례 언급했듯이 불편하다는 느낌은 새로운 영감이 떠오를 만한 문턱에 도달했음을 의미하기도 한다. 그렇다. 책만 도끼가 될 수 있는 게 아니다. 얼어붙은 내면의 바다를 내리쳐줄 도끼 같은 영화나 음악만으로 이 페이지를 과장 하나 안 보태고 다 채울 수 있다.

　　적어도 나에게 내면이 아름다운 사람이란 이런 사람이다. 타인의 고통에 공감하는 능력을 지닌 사람 말이다. 하긴, 누군가의 고통을 외면하는 사람을 아름답다 부르기엔 아무래도 곤란하다. 한데 더 큰 문제가 있다. 타인의 고통을 외면하는 걸 넘어 혐오하는 문화가 들불처럼 번지고 있다는 거다. 혐오와 조롱, 멸시와 분노가 이 세계의 구석구석까지 깊숙하게 퍼져 있다. 혐오는 마치 시대의 정언명령처럼 보인다. 친절함의 밸브 따위 예전에 닫혀 버렸다. 이쯤 되면 디폴트값이 아닐까 싶을 정도다.

　　과연 이런 세계에서 우리는 내면의 아름다움을 구할 수 있을 것인가. 이렇게 말하고 싶다. 타인의 고통에 대한 감정이입은 저절로 주어지는 선물이 아니다. 그가 겪고 있을 고통의 맥락을 상상하고, 이해하려는 노력이 필요하다. 수전 손택 Susan Sontag이 강조한 것처럼 타인을 관찰할 때 우리는 마음속 '가상 시뮬레이터'를 돌려 그들의 고통을 예측한다. 이 시뮬레이션의 해상도가 높을수록 (상상력이 풍부할수록) 우리는 타인의 고통에 더 깊이 공감할 수 있다. 요컨대 내면의 아름다움은 타고나는 것이 아니다. 상상력이라는 지적 근육을 통해 계발되어야 하는 것이다.

〈그을린 사랑〉 같은 영화가 당신의 시뮬레이션 해상도를 높여줄 수 있다. 잊지 말자. 폭력적인 흑백 논리의 저 너머에서 우리의 정신이 비로소 기지개 켤 그 순간은 기어코 올 것이다. 그래야만 한다.

'You And Whose Army?'
Radiohead

영화 〈그을린 사랑〉의 오프닝 곡이다. 시작하자마자
이 곡이 흘러나오고, 고통 받는 아이들의 모습이 화면에
등장한다. 카메라는 이 아이들을 천천히 비추면서
움직인다. 마치 잊지 말라는 듯이. 지금 이 순간에도
아이들이 세계 어딘가에서 상처 받고 있다는 걸
기억하라는 듯이.

기실 내가 이 영화를 볼 결심을 한 건 라디오헤드
때문이었다. 참고로 라디오헤드는 자기 곡을 다른
매체에 쓰지 못하게 하는 걸로 악명이 높다.
어지간해서는 허락하지 않는다. 그런 그들이
이 영화에 삽입되는 것에는 동의했다니,
이것만으로도 〈그을린 사랑〉은 관람 각인 영화였다.

기본적으로는 정치인을 비판하는 노래다. 라디오헤드는
이 곡에서 정치하는 자의 위선에 대해 서늘한 톤으로
냉소한다. 언젠가 대가를 치를 거라고 차갑게 경고한다.
바로 이 곡이 국가·종교 간 전쟁의 비극을 담아낸
이 영화에 쓰인 이유다.

필연이라고도 말할 수 있을 것 같다. 인간이 모이면
분쟁이 발생한다. 아귀다툼을 벌이고, 집단의 이름으로
거리낌 없이 인간의 개별성을 말살한다. 가수 조르주
브라상Georges Brassens은 'Les Copains d'abord(제일
먼저 친구들)'이라는 곡에서 "인간은 여럿이 모여 봐야
좋을 것이 없다. 인간은 네 명 이상만 돼도
멍청해진다."고 노래했다. 미안하지만 반은 맞고 반은
틀렸다. 인간이 모이면 멍청해지는 동시에 잔인해진다.
신과 국가의 이름으로 벌어진 전쟁 때문에 얼마나 많은
피를 흘려야 했는지 한번 계산해 보라. 존 레넌John
Lennon이 'Imagine'에서 국가도 없고, 종교도 없는
세상을 꿈꾼 이유다.

그 와중에 〈그을린 사랑〉은 종국에 가서 아주 작은 희망
하나를 건져낸다. 삶의 진창 속에 처박힌 채로 기어코
아름다움 한 조각을 끌어낸다. 이런 음악, 이런
영화라니, 도무지 잊으려야 잊을 수 없다.

'Köln, January 24, 1975, Part I (Live)'
Keith Jarrett

1975년 키스 재럿이 쾰른에 도착했다. 그는 그곳에 있는
오페라 하우스에서 솔로 피아노 콘서트를 펼칠
예정이었다. 한데 공연장에 도착한 그는 엄청난 문제에
직면했다. 공연 관계자의 실수로 연습용 피아노가 놓여
있던 것이다. 키스 재럿은 "할 수 없다"라고 했지만 공연
프로모터는 끝까지 매달렸다. "악기 대여하는 측에서
실수가 있었다. 그런데 표가 다 팔렸다. 부탁한다."

그의 열정에 마음이 기운 키스 재럿은 묘수를 생각해
냈다. 요약하면 연습용 피아노로도 공연장 뒤쪽까지
소리가 닿을 수 있는 방법을 찾아낸 것이다. 그는
낮은음은 반복적인 리듬 위주로 강하게 치고 고음부는
최대한 연주하지 않는 방식을 택했다. 하나 더 있다.
타건을 강하게 만들기 위해 키스 재럿은 파격적인
선택을 감행했다. 앉지 않고, 일어서서 연주한 것이다.

결과는 놀라웠다. 뜨거운 반응 속에 마무리된 이 공연은
이후 앨범으로 발매되어 엄청난 성공을 거뒀다. 재즈
솔로 피아노 역사상 이보다 더 많이 팔린 음반은
지금까지 없다. 과연 그렇다. 무한한 자유가 반드시

최대치의 창조력을 끌어내는 것은 아니다. 선택지가 너무 많은 탓에 자칫 길을 잃고 헤맬 수 있는 까닭이다. 때로는 어떤 한계에 봉착했을 때 인간의 창조력은 도리어 폭발한다. 이 아름다운 작품이 그에 대한 증거다.

최대치의 창조력을 끌어내는 것은 아니다. 선택지가
너무 많은 탓에 자칫 길을 잃고 헤맬 수 있는 까닭이다.
때로는 어떤 한계에 봉착했을 때 인 간의 창조력은
도리어 폭발한다. 이 아름다운 작품이 그에 대한 증거다.

'U'
로로스

발매된 해를 찾아보니 2014년이다. 지금으로부터 10년도 더 전에 이 곡을 들으면서 거리를 걷다가 울컥했다. 가사의 맛을 먼저 곱씹는다.

"나풀거리며 떨어지던 낯선 밤 / 힘없이 떨던 희망 그 때에 / 살포시 안아준 그 품을 기억해 / 긴 시간 밝혀준 그 빛을 간직해 / U are the star"

나에겐 오랜 습관이 있다. 이 곡을 처음 만난 이후 《코스모스》라는 책을 펼칠 때마다 플레이한다는 것이다. 이유는 알 수 없다. 뭐랄까. 나에게 이 곡은 무한히 뻗어나가는 광활한 우주다. 소리를 온몸으로 체험하는 듯한 이 느낌을 도저히 거부할 수 없다. 《코스모스》의 서두에서 저자인 칼 세이건Carl Sagan은 우리가 지구에서 인간으로 태어난 것 자체가 기적이라는 사실을 과학적 사고를 통해 거듭 강조한다.

그래. 맞다. 그럼에도 불구하고 삶은 기적이다. 삶은 축제다. 소리여, 우리의 삶이여, 마치 이 노래처럼 뻗어나가라.

기록

기억은 기록을 이길 수 없다

후회가 잦은 편이 아니다. 설령 있다고 하더라도 길게 끄는 성격도 못 된다. 그럼에도 딱 하나 "그랬어야 했는데" 싶은 게 있다. 꾸준히 일기를 썼어야 한다는 거다. 어느덧 50살에 가까워진 탓일까. 기억이 흐릿하다. 어린 시절의 추억을 오직 머리로만 되새김질하려니까 분명한 한계를 절감한다. 직접 쓴 일기가 없지는 않다. 그러나 대부분이 밀린 방학 숙제를 '급조'한 것이다. 신뢰성 바닥이다. 이런 건 왜 또 기가 막히게 생각나는지 모를 일이다.

　　기억하고 싶다면 우리는 마땅히 기록해야 한다. 당신이 작가 지망생이라면 더욱 그렇다. 내가 아는 한 훌륭한 작가는 모두 기록'광'이다. 그들은 "저런 것까지 꼭 기록해야 할 필요가 있을까?"
싶은 것까지 기록한다. 나는 인생에서 가장 강력
한 존재는 천성적으로 부지런한 사람이라고 거의
확신한다. 애석하게도 당신과 나는 천재가 아니다.
따라서 해결책은 단 하나, 근면해지는 것 외에는
없다. 읽고 또 읽고, 공부하고 또 공부하는 것 외에
는 방법이 없다. 게으른 나 자신을 채찍질하는 것
외에 뾰족한 수 따위 존재하지 않는다. 다시 한번
강조하고 싶다. 부지런한 자를 경계하라. 그들이
바로 최종 보스다.

　　　물론 당신이 아직 20대라면 기록 따위에 연
연하지 않을 법도 하다. 나도 그랬다. 나 자신을 과
신했다. 공부도 잘했다. "나 혹시 천재인가?" 싶은
순간이 없지 않았다. 아니었다. 나는 천재는커녕
그냥 일반인 수준에 불과했다. 이 점을 처절하게
반성하고 기록하기 시작한 건 30대 초반이 지나서
였다. 한데 거기에 내 20대는 당연히 없다. 대략 10
년 전 오직 기억에만 의존해 내 10대, 20대를 관통
한 음악에 대해 써서 책 《청춘을 달리다》을 냈다.
만족스러운 몇몇 구석을 제외하면 싹 다 고쳐서

재발간하고 싶지만 이미 늦었다는 걸 안다. 똑똑히 보시라. 이게 바로 기록하지 않은 자의 비극적인 말로다.

내 컴퓨터 바탕화면에는 폴더 하나가 있다. '메모들'이라는 이름의 폴더다. 만약 이 폴더가 행여라도 잘못되면 정말 큰일 난다. 책을 읽고 느낀 점, 인상적인 문장 등을 이 안에 싹 다 적어놓은 까닭이다. 지금 이 글을 쓰기 전 나만의 의식을 치렀다. 메모들 폴더에 담긴 표현과 문장을 그냥 쭉 읽어보는 것이다.

영화 평론가 이동진은 책을 읽어야 하는 이유를 다음처럼 설명했다. '책에 있는 문장 같은 것이 내 몸 안에 둥둥 떠다닌다고 생각한다. 그러다가 글을 쓰는 순간 그것들이 오묘한 형태로 배출된다고 생각한다.' 미안하다. 이동진의 말을 정확하게 옮기기가 아무래도 어렵다. 거의 비슷하다고 여겨주면 고맙겠다. 과연, 이 역시 기록하지 않은 자의 비극적인 말로다. 내가 메모들 폴더를 읽어보는 행위 역시 비슷하다. 이를테면 거기 적힌 내용을 보며 '좋은 기운'을 받는 셈이다. 물론, 내 뇌에서 직접 나온 문장은 다 구분해서 따로 정리해 놨다. 어디에 써먹을지 스크롤을 내리며 훑다 보면 대충 각이 나온다. 그 문장을 광석 캐듯 추수해서 작업 중인 새 글에 더하는 건 오랜 기쁨 중의 하나다. 이루 말할 수 없이 짜릿하다.

이를테면 관심과 관찰이다. 우리는 모두 영감을 찾아서 헤맨다. 그것이 글쓰기를 위한 것이든 내 삶의 풍요를 위한 것이든 우리는 공히 영감에 목말라 있다. 그렇다면 부지런히 관심 갖고 관찰해야 한다. 그리고, 기록해야 한다. "내 머리에 다 담기겠지." 여긴다면 오산이다. 만약 당신이 흥미를 느껴서 관찰하기 시작했다면 당부하건대 기록하기 바란다.

나는 이것을 3관법이라고 부른다. 세상에는 두 종류의 재미가 있다. 하나는 휘발하는 재미, 다른 하나는 의미로 전환할 수 있는 재미다. 예를 들면 전자는 내가 사랑하는 〈무한도전〉 같은 거다. 낄낄 웃고 즐겁게 흘려보내는 재미다. 후자는 기록해서 붙들어 놓아야 하는 재미다. 그러니까 재미, 즉 흥미를 느꼈다면 '관심'을 갖고 '관찰'을 해서 그 대상과 '관계'를 만들어나가야 한다. 그리하여 의미 있는 무언가를 길어내야 한다. 세상은 이걸 영감이라고 부른다. 영감은 기록을 통해 우리에게 도착한다. 기억만으로는 무리다. 이걸 습관화한 뒤로 조금이나마 글쓰기가 나아졌다고 믿는다. 뭐, 믿는 것 외엔 도리가 없긴 하지만.

항상 명심해야 한다. 공짜는 없다. 인풋이 있어야 아웃풋이 있다. 《강철의 연금술사》에서 강조하는 등가교환의 법칙이다. 더 나아가 기록하지 않으면 내가 무언가를 기억했다는 기억 자체를 까먹기 십상이다. 그러니까, 기록하기 바란다. 기록이 우리를 구원할 것이다.

'Back Stabbers'
The O'Jays

지금껏 내가 낸 책들 중 '굳이' 하나 꼽아야 한다면
《모던 팝 스토리》다. 내가 직접 쓴 책이 아니다.
번역서다. 2년 동안 이거 하나만 붙잡고 번역에
몰두했다. 책에서 가장 인상적이었던 표현을
복기해본다. 저자 밥 스탠리Bob Stanley가 이 곡에 관해
표현한 문장이 자연스럽게 떠올랐다. 언어는 언제나
대상 아래로 미끄러지는 불완전한 수단이라지만 아주
드물게 어떤 문장은 그 대상에 가능한 한 최대로
접착한다. 내게는 이 글이 그랬다.

"곡에서 오제이스는 흑인의 흑인에 대한 불신과 사랑의
괴로움을 솔직하게 토로한다. 도시인으로서 겪는
편집증 역시 이 곡이 다루는 주제 중 하나다.
라흐마니노프적인 접근법으로 완성된 난폭한 피아노에
약간의 브라질 음악을 더한 이 곡은 제임스 본드의
주제가처럼 관악기가 폭발하는 지점에서 듣는 이를
얼어붙게 한다. 그리고 찾아오는 찰나의 고요. 'Back
Stabbers'는 대도시 흑인을 위한 위풍당당
행진곡이었다."♦

‘The Philosopher’
Ezra Collective

낯선 이름일 수 있다. 그러나 현대 재즈 팬이라면 에즈라 컬렉티브를 모를 수 없다. 영국 출신 재즈 5인조인 에즈라 컬렉티브는 지금까지 3장의 음반을 발표하면서 런던 재즈를 대표하는 그룹으로 인정받고 있다. 물론 재즈는 미국 음악이다. 그중에서도 뉴욕에 가면 재즈의 최전선에 위치한 뮤지션과 밴드가 셀 수 없이 많다. 그러나 런던도 그에 못지 않다. 예를 들어 보텍스Vortex 같은 클럽에 가면 첨단을 달리는 재즈를 얼마든지 만날 수 있다.

어느 날 평소와 다름없이 유튜브 뮤직을 플레이한 뒤에 버스를 탔다. 이 날은 내가 정한 ‘모르는 음악만 듣는 날’이었다. 그러던 와중 이 음악이 흘러나왔다. 곧장 핸드폰을 들고 정체를 확인했다. 알고 있는 에즈라 컬렉티브의 모르는 음악이었다. 그것도 대략 8년 전인 2017년에 발표한 노래였다.

이런 곡을 발견하면 나는 조금의 망설임도 없이 캡처를 한다. 그러고는 집에 있는 새로운 곡 메모장에 적어둔다. 이런 식으로 알게 된 곡은 당연히

무진장이다. 다음 주 방송에 출연해 이 곡을 소개할
생각이다. 기록하지 않았다면 불가능했을 것이다.

‘Symphony No.2 Resurrection’
Gustav Mahler

2025년 있었던 ‘사적 약속’을 세어봤다.
정확히 10회다. 한 달에 한 번이 채 되지 않은 셈이다.
나는 집돌이다. 실내에서 책 읽고, 영화 보고,
게임하는 걸 그 무엇보다 좋아한다. 대신 가끔 밖에
나가면 상대방에게 최선을 다하려고 노력한다.
하나 더 있다. 단골 바에 가서 음악을 평소에 듣기
힘든 큰 소리로 꼭 듣는다.

아뿔싸. 취했다. 좀 많이 마신 것 같다. 인사불성까지는
아니어도 내일 해장은 선택 아닌 필수다. 그러던 와중
이 위대한 클래식이 흘러나왔다. 구스타프 말러의 2번
교향곡 ‘부활’이다. 오랫동안 이 곡을 듣지 않았다는
생각이 퍼뜩 떠올랐다. 정신을 차려야 한다. 기록해야
잊지 않는다. 나는 핸드폰을 들고 지문 인식을 했다.
메모장을 열어 다음처럼 적었다.
토씨 하나 바꾸지 않고 그대로 옮긴다.

“쿠스타푸 말라 2번 규향곡 다시 들를 갓”

다음 날 일어나서 핸드폰을 확인했다. 웃음이 터져

나왔다. 오타 작렬이다. 어지간히 취한 모양이다.

일요일 아침이다. 쌀국수로 해장하고 방에 들어가
이 교향곡을 처음부터 끝까지 내리 감상했다. 수많은
연주가 있지만 오토 클렘페러가 지휘하고 필하모니아
오케스트라가 연주한 버전을 추천한다. 브래들리
쿠퍼가 주연을 맡은 영화 〈마에스트로
번스타인〉(2023)에서도 아주 중요한 장면에 흐른다.
잊지 말고 기록한 뒤 감상하길 권한다. 넷플릭스에 있다.

글쓰기

글쓰기의 법칙

내 직업은 음악 평론가다. 방송 작가이기도 하다. 주말 제외 매일 MBC에 출근해 그날 방송될 음악을 선곡한다. 틈날 때마다, 특히 주말을 이용해 그밖의 일을 하나둘 처리한다. 칼럼을 쓰거나 번역을 하거나 책 작업하는 경우가 대부분이다. 요즘 내 삶의 만족도가 굉장히 높다. 너무 높아서 이러다 대형 악재가 덮치는 게 아닐까 불안할 정도다. 술을 줄이고 운동을 꾸준히 한 결과다. 덕분에 일도 잘된다. 이 책에서 수차례 강조했듯이 육체가 정신을 다스린다. 명심하고 명심하자.

글쓰기에 대해 말하고 싶다. 어쨌든 내 직업의 본령인 까닭이다. 모두가 글을 잘 쓰고 싶어

한다. 핵심만 요약하면 이렇다. 여기, 두 명이 있다. 한 명은 이 세상에서 책을 가장 많이 읽었다. 대략 100만 권쯤 읽었다고 치자. 그러나 글을 써본 적은 드물다. 다른 한 명은 전 세계 평균에서 조금 더 읽은 정도다. 대신 글쓰기를 습관화했다. 분명하게 말할 수 있다. 후자 쪽이 가까운 미래에 글을 잘 쓸 확률이 압도적으로 높다. 습관을 이길 수 있는 건 이 세상에 거의 없다. 은은하면서도 완강하게 배어 있는 습관이야말로 당신의 미래를 열어주는 최후의 문지기다.

기술적인 부분을 설명할 차례다. 내가 지키려 애쓰는 몇 가지 원칙이 있다. 먼저, 단문을 쓰려고 애써봐야 한다. 보편 법칙은 아니지만 아마추어의 글은 대개 길고, 프로의 글은 소수의 예외를 제외하면 짧다. 이유는 하나 더 있다. 단문을 칠 줄 알면 장문도 칠 수 있다. 그 반대는 성립하지 않는다. 단문이 꼭 정답인 것은 아니다. 그러나 단문과 장문, 이렇게 선택지를 두 배로 늘려줄 수 있다. 적시하면 단문 두세 개에 장문 한 개가 내 이상적인 글쓰기다. 느낌표와 말줄임표를 남발해서도 안 될

다. 전형적인 아마추어 글쓰기다.

다음은 어미다. 이게 정말 중요하다. 어미의 경우 겹치는 문장이 두 개를 넘어가면 안 된다. 그러면 글을 읽는 맛, 김훈식式으로 말해 글의 전압이 뚝 하고 떨어져 버린다. 물론 예외가 없지 않다. 어떤 주제를 강조하고 싶을 때다. 이때는 연속적 단문과 동일한 어미로 쭉쭉 치고 나가도 괜찮다. 단 단문 세 개, 많아야 네 개가 한계다. 어미를 문장마다 바꾼다는 건 주어를 자유롭게 다룰 수 있다는 뜻이다. 선택지가 폭발적으로 증가한다. 이 글을 쓰면서도 어미를 다르게 쓰려고 노력했다. 체크해 보기 바란다.

이제 가장 중요한 진실을 여러분과 나누고 싶다. 글을 쓴다는 행위가 뭐 그렇게 대단한 게 아니라는 점이다. 글 속에 '진짜 그 사람'이 있을 거라는 건 완전 착각이다. 허상이다. 환상이다. 글은 자신을 보다 근사하게 전시하기에 참 좋은 도구다. 비단 글뿐만은 아니다. 예술과 예술가는 분리해서 사고하는 게 우리 정신 건강에도 이롭다. 딱 하나만 예를 들어볼까. 위대한 베토벤은 세상 더러운 인간이었다. 요강 치우는 것도 귀찮아했다고 한다. 그러나 이 사실이 피아노 협주곡 3번 2악장이나 교향곡 7번 2악장의 성스러운 감동을 해치지는 않는다. 그것이 클래식이든 현대 팝이든 예시는 이외에도 무수히 많다. 여러분도 이미 알고 있을 것이다.

그렇다. 음악은 음악이고 인생은 인생이다. 글은 글이고 사람은 사람이다. 직업은 직업이고 인간은 인간이다. 심지어 나는 베토벤도 아니다. 리처드 포드가 그의 책 《스포츠 라이터》에 쓴 것처럼 나같은 작가가 글쓰기를 멈춘다고 세상에 손해가 될 리도 없다. 언제나 되새기려고 한다. 내 직업에 과한 의미를 부여하지 않으려고 한다. 그저 최대한 공들여 쓰고, 철저하게 마감 지키면 그뿐이다. 프로페셔널한 자세만 당신에게 있다면 그것으로 충분하다. 하긴, 이 세상 어떤 직업이 안 그렇겠나.

'소리'
윤상

한국어로 글 쓰는 사람 중 내 마음속 넘버원은 문학 평론가 신형철이다. 그는 윤상 광팬으로 유명하다. 직접 확인도 했다. 그의 초청으로 학교에 가서 특강을 몇 번 한 적이 있다. 시작하기 전 커피를 마시면서 이런저런 얘기를 나누는데 윤상 관련해서는 톤이 조금 높아졌다. 아는 독자는 알겠지만 그의 목소리는 언제나 낮고, 사려 깊다. 단, 예외가 있다. 윤상이 대화 주제일 때다. 신형철의 책《인생의 역사》를 보면 그가 쓴 윤상에 대한 글을 만날 수 있다. 그가 선택한 윤상 최고 앨범은 [Insensible](1998)이다.

나는 [이사(移徙)](2002)를 꼽고 싶다. 바로 이 곡, '소리'의 존재 때문이다. 하나만 당부한다. 제목 그대로 이 노래를 들을 때는 소리를 좀 키워야 한다. 박창학이 쓴 가사를 곱씹으면서 꼼꼼하게 감상해야 온전한 가치를 느낄 수 있을 것이다.

'Tiny Dancer'
Elton John

고등학교 시절부터 음악으로 글 써야겠다고 결심했다. 1990년대 초반이었고, 자료를 구하기란 하늘의 별 따기였다. 어렵게 손에 넣은 해외 음악 잡지를 붙들고서는 사전을 뒤져가며 이해하려 애썼다. 대학에 가서도 어떻게든 제본판으로 구한 원서를 붙잡고 며칠을 씨름했다. 이 시절의 내가 있었기에 지금의 내가 있는 거라고 믿는다.

본고장인 영국과 미국의 음악 평론가는 나에게 영웅이었다. 그중 캐머런 크로Cameron Crowe라는 음악 비평가가 있다. 1970년대 《롤링스톤》에서 글 잘 쓰는 걸로 유명했다. 나중에는 영화감독으로 더 크게 성공해서 근사한 사운드트랙을 여럿 쏟아냈다. 그중 하나가 자전적인 이야기를 담은 〈올모스트 페이머스〉(2000)다. 이 영화를 봤다면 이 곡 'Tiny Dancer'를 잊을 수는 없다. 엘튼 존의 수많은 클래식 중 하나만 선택하라면 이 곡을 꼽을 것이다.

'Robbed'
Rachel Chinouriri

그런 음악이 있다. 지금까지 내가 쓴 글, 내가 한 얘기,
다 무시해도 좋다. 하지만 제발 이 듣악만큼은 시간
내서 감상하라고 애걸하고 싶은 그런 음악.
바로 이 곡이다. 요즘 이 곡에 빠져서 휘청대고 있다.
듣자마자 이건 어떤 식으로든 글로 옮겨야겠다는
결심이 섰다.

레이철 치누리리는 런던 출신 싱어송라이터다.
이미 차세대 빅 스타로 주목받는 중이다. 증거도 있다.
2025년 레이철 치누리리는 사브리나 카펜터Sabrina
Carpenter의 투어 오프닝을 맡으면서 화제를 모았다.
보통 오프닝은 주목이 덜하기 마련기데 환호가
터졌다고 전해진다. 그녀의 음악에 반한 아델Adele은
꽃다발을 선물하기도 했다.
주소를 알았다면 나도 보냈을 것이다.

언어

소리 안의 말과 언어

음악은 여러 요소의 총합이다. 멜로디가 있고, 리듬이 있다. 유려한 코드 진행, 소음에 가까운 연주 역시 음악의 요소들 중 하나다. 그럼에도, 음악을 최소한으로 정리해야 한다면 우리는 이렇게 말할 수 있을 것이다. 음악은 사운드다. 여기에 노랫말이 결합된 형태를 (연주 음악을 제외한다면) 우리는 대중음악이라고 부른다. 보통은 그렇다. '소리'와 '노랫말'에 대한 셀 수 없이 많은 정의 중 내가 아는 한 가장 널리 알려진 명언은 다음과 같다. 저명한 록 비평가 사이먼 프리스Simon Frith가 그의 저서 《사운드의 힘》에서 쓴 문장이다. "음악에서 가장 중요한 건 소리다. 리듬이다. 가사는 그다음 문제다.” 과연, 음악을 듣는다는 건 소리를 듣는다는 거다. 이걸 부정할 수는 없다. 그러나 우리는 이렇게 고백하는 사람을 살면서 여럿 마주한다. “이 노래는 가사가 참 좋아.”

사피어 워프Sapir Warp 가설이라는 게 있다. 요약하면 우리의 인식이 언어를 형성하는 게 아니라 우리의 언어가 인식을 형성한다는 거다. 영화 〈컨택트〉(2016)를 예로 들 수 있다. 이 작품에서 인간의 언어를 하던 루이스는 외계의 언어를 습득하면서 외계인의 관점으로 세상을 바라본다. 대표적인 사례는 또 있다. 바로 무지개다. 우리는 ‘일곱 빛깔 무지개’라고 하지만 아메리카 원주민에게 물어본 결과 부족에 따라 색 가짓수에 관한 대답이 제각기 다 달랐다고 한다. 부족마다 무지개를 설명하는 언어가 다르기 때문이다. 사피어 워프 가설대로 언어가 무지개에 대한 인식 체계를 구축한 셈이다.

물론 사피어 워프 가설은 완전한 이론이 아니다. 언어학자 중 반대하는 사람도 꽤 많다. 그럼에도 부정할 수 없는 사실이 하나 있다. 언어가 어쨌든 인식에 영향을 미친다는 거다. 이런 측면에서 언어는 곧 타격이다. 그것은 인식의 보트를 뒤흔들고, 더 나아가 왜곡된 세계에 충격을 줄 수도 있다. 그 어떤 운동에서든 '구호'가 반드시 붙는 이유가 여기에 있다. 언어로 이뤄진 구호 아래에서 참여자의 인식은 서로 연결된다. 운동의 방향에 가속을 더한다.

내가 일하는 MBC 화장실에는 이런 문구가 붙어 있다. "차별적인 언어 습관브터 바꿔요." 언어를 바꾸면 인식에 영향을 미치지 않을 리가 없다. 나부터가 그랬다. 과거에 습관처럼 내뱉던 말들, 더 이상 쓰지 않으려고 최선을 다해 노력한다. 소셜 미디어에 분노 가득한 개똥 같은 글로 누군가에게 상처 주지 않으려고 애쓴다.

반대도 마찬가지다. 소셜 미디어만 보면 이 세상은 도덕적 영웅으로 넘친다. 모두가 자신의 선함을 과시하면서 '관종' 호르몬을 뿜어댄다. 그러나 오직 자기 집단에만 선한 사람에게 중요한 건 윤리가 아니다. '이토록 선한 나를 주목해달라 것'일 뿐이다. 나는 이런 곳에 내 말과 언어가 기거하

지 않기를 바란다. 내 입과 손가락을 통해 나오는
언어가 섬세함과 신중함을 잃지 않기를 원한다.
　　다음은 우리 가요계에서 내가 꼽는 언어의
마술사들이다. 작사 쪽에서 일가를 이룬 뮤지션 둘
을 소개한다. 이소라와 윤종신이다.

'금지된' & '바람이 분다'
이소라

이소라의 노랫말이야말로 '언어는 타격'이라는 정의에 딱 부합한다. 굳이 돌아갈 것도 없다. '금지된'의 다음 가사를 읽어보라.

"검은 밤이 / 내 진의를 숨쉬게 하면 / 얕은 잠이 / 새 밀회를 꿈꾸게 하면 / 음험한 얘기들 / 못내 그리고 / 선행의 시간들 / 다 멈추니 / 내 고귀한 이성이 / 매를 높이 들어 / 나를 병들게 해 / 숨이 맥히는 죄의식 / 저 원칙의 엄숙이 / 자를 높이 들어 / 나를 미치게 해 / 줄에 매인 시간들"

노래의 시작부터 끝까지 우리가 일상에서 자주 사용하지 않는 특수한 언어로 이뤄진 곡이다. 밀회를 꿈꾸던 화자에게 선행의 시간은 멈췄다. 그의 이성은 세상의 도덕률을 따르라고 경고등을 울리면서 주인공을 매질하고, 병들게 한다.

더 나아가 "줄에 매인 시간들"이라고 노래하는 순간 이소라는 거의 시적 발화에 육박하는 설득력을 폭발시킨다. '금지된' 뒤에 붙어야 할 몃사는 단언컨대

사랑일 것이다. 그러나 화자는 더 이상 사랑을 발화할
권리도, 글로 쓸 권리도 없다. '사랑'을 생략한 이유일
것이다. 바꿔 말해 화자에게 사랑은 원치 않게 결핍된
감정이다. 그래도 괜찮다. 우리에게는 예술이 있다.
위대한 예술은 결핍마저 미학으로 승화한다.
이 곡이 증명한다.

대표곡이라 할 '바람이 분다'에서도 마찬가지다. 곡에서
이소라는 '곧 좋은 사람이 나타날 것'이라고 거짓
위로하지 않는다. "세상은 어제와 같고, 시간은 흐르고
있고, 추억은 다르게 적힌다"면서 내면의 격랑을,
엇갈림과 사무침을 고통스럽게 토해낸다. 이소라가
연출하는 비극적 모노드라마가 수많은 사람의 마음을
움직인 바탕이다.

'이별택시'
윤종신

윤종신 가사는 이소라와는 대척에 있다. 쉽다.
우리가 실생활에서 쓰는 언어를 크게 벗어나지 않는다.
그러면서도 그의 가사를 음악과 함께 곱씹으면
저절로 머릿속에 어떤 그림이 그려진다.
대한민국에서 윤종신만큼 회화성 강한 노랫말을 쓰는
작사가는 드물다. 저 유명한 '이별택시'의 가사를
보면 알 수 있다.

"건너편에 니가 서두르게 / 택시를 잡고 있어 /
익숙한 니 동네 / 외치고 있는 너"

그러면서도 무릎을 탁 치게 하는 표현을 집어넣을 줄
안다. '이별택시'에서는 "와이퍼는 뽀드득 신경질
내는데"라는 구절이 대표적이다. 이런 기가 막힌 의인화
또한 윤종신 가사의 특징이다. 다시 한번 강조하지만
그러면서도 어렵지가 않다. 그는 격렬함과는 거리가 먼
순한 언어로 일상의 풍경을 포착한다. 이별을
노래하면서도 이소라와는 다른 결을 지향하는 셈이다.

'두 남자'
박재정, 규현

'이별택시' 외에 박재정과 규현이 함께 부른 '두 남자'의 가사를 들어보라. 역시 윤종신이 작사했다. 곡에서 어떤 한 공간에 머물고 있는 두 남자는 서로 모르는 사이다. 한데 본능적으로 알아챈다. 저 사람도 지금 나처럼 이별의 몸살을 겪고 있음을 직감한다. 이 와중에 윤종신은 이런 구절을 통해 이별이라는 과정에서 우리 모두 느낄 수밖에 없을 어떤 핵심을 길어 올린다.

"아무도 모르게 아파야 / 모두가 행복하다는 / 그 고약한 밤을 보냈나요"

어떤가. 뼈저린 이별, 그러나 아픈 만큼 누구에게 털어놓을 수도 없는 그런 이별을 겪어본 사람이라면 동의할 수밖에 없을 것이다. 무엇보다 "고약한 밤"이라니, 가히 윤종신만이 쓸 수 있는 '표현의 발견'이다. 우리는 대중음악을 통해 어떤 순간이나 시절을 환기하는 체험을 하곤 한다. 적어도 이별이라는 카테고리 안에서 윤종신이 써온 언어보다 환기력 강한 경우는 그리 많지 않다. 어떤 언어가 타격하는 와중에 어떤 언어는 환기한다. 윤종신이 부리는 언어가 바로 그렇다.

드라마

절대는 절대로 없다

'드라마'라는 단어를 떠올리면 다음 두 개를 자연스럽게 연상한다. 하나는 〈브레이킹 배드〉 시리즈, 다른 하나는 인생이다. 이유는 별거 없다. 전자는 내 인생 최고 드라마, 후자는 오랜 아포리즘인 까닭이다. 우리는 인생이 곧 드라마라고 말한다. 한데 과연 그럴까. 원래 드라마는 연극을 뜻하는 용어였다. 이후 의미가 확장되면서 현재 우리가 알고 있는 드라마가 되었다고 보면 된다. 그러니까, 극적인 사건을 중심으로 전개하는 이야기의 형식을 우리는 대개 드라마라 일컫는다. 영화의 한 장르이기도 하다. 누군가는 범죄를 저지르고, 누군가는 시공간을 초월해 그 사건을 해결한다. 도깨비와 사랑에 빠지는 황당무계한 내용의 드라마도 있다. 포브스, 아니 배순탁 선정 최고의 드라마 톱 30 안에 능히 들어가는 작품이다. 심지어 어떤 드라마에서는 상대방에게 김치 싸대기를, 그것도 풀 스윙으로 날린다. 참으로 어처구니없는 일이 아닐 수 없다. 그래. 맞다. 영화는 영화고, 드라마는 드라마다. 인생은 어디까지나 인생이다.

그런데도 사람들은 인생이 드라마라고 정의한다. 대체 왜 그런지를 추론해 본다. 어떻게든 이 팍팍한 삶에 의미를 부여하고 싶은 욕망의 반영일 것이다. 곰곰이 되짚어보면 우리 인생에서 드라마틱한 이벤트는 자주 일어나지 않는다. 우리의 삶을 구성하는 건 대개 무명의 시간이다. 오래달리기를 예로 들 수 있다. 중학교 시절 언제나 두려운 건 1,000미터 달리기였다. 그 괴로움을 미리부터 직감한 나는 제발 시간이 쏜살같이 지나가게 해달라고 기도했다. 아인슈타인의 상대성 이론을 온몸으로 때려 맞고 싶었다. 당연히 그런 일은 일어나지 않았다. 심장이 터져버릴 것 같던 그 악몽이 지금도 생생하게 떠오른다. 좋아하던 여자애가 응원을 안 하고 있었다면 그 자리에서 포기했을 게 분명하다.

달리기가 장사 안되는 원인이 바로 여기에 있다. 거리가 길어질수록 달리기는 스포츠의 가장 중요한 특질인 극적 카타르시스와 결별한다. 멀리서 경기를 바라만 봐야 하는 관객한테는 그만큼 지루하고 재미없는 일도 없을 것이다. 달리기 중 100미터가 제일 인기인 데는 다 이유가 있는 것이다. 명심하기를 바란다. 스포츠에 인생이 녹아 있다는 건 새빨간 거짓말이다. 삶의 진실에서 멀어질수록 스포츠는 더 많은 돈을 벌 수가 있다. 기적과도 같은 역전승은 경기에서나 심심찮게 일어나는 일이다.

드라마도 마찬가지다. 현실에 밀착될수록 성공하기란 어려운 법이다. 내가 홍상수식 드라마나 영화를 별로 안 좋아하는 이유가 바로 여기에 있다. 홍상수 영화는 영화를 가장한 현실처럼 느껴진다. 딱히 봐야 할 필요성을 느끼지 못한다. 나는 현실을 셔터 내리듯 잠시라도 차단해 주는 드라마를 좋아한다. 어쩌면 당신은 나를 비판할 수도 있을 것이다. 그건 그저 도피에 불과하다고 일침을 날릴지도 모른다. 아니다. 도피는 죄가 아니다. 이 세상에는 아무리 노력해도 잘 안되는 일이 널려 있다. 노력하면 이룰 수 있다는 달콤한 말에 속아서는 안 된다. 우리가 노력에 대해 확실히 말할 수 있는 건 단 하나뿐이다. 노력이 우리를 배신할지 안 할지 도저히 알 수 없다는 것뿐이다. 그럴 때는 차라리 잠시 도피하는 것도 괜찮은 선택지다.

이렇게 정리하고 싶다. 이 세상에는 나처럼 현실 도피를 통해 되려 현실을 버텨낼 이유를 찾는 사람이 꽤 많다. 게다가 그 어떤 드라마일지라도 100퍼센트 비현실적이고, 100퍼센트 현실적인 경우는 없다. 이것은 영화든 음악이든 다 마찬가지다. 그 어떤 영역에서든 절대는 절대로 없는 것과 같은 이치다. 다음은 내가 애정하는 드라마틱한 음악을 꼽은 리스트다. 지독한 현실에서 잠시나마 벗어나고 싶을 때, 그러면서도 음악이 끝난 뒤 거기에서 어떤 영감을 길어 올려 현실을 견뎌낼 힘을 얻고 싶을 때 추천한다.

'바리|abandoned'
한승석 & 정재일

'바리'는 뒤에 붙은 영어 단어 'abandoned'와 뜻이 같다. '버려졌다'는 의미다. 이 곡이 품고 있는 비극의 드라마는 이러하다. 음반 해설을 그대로 옮긴다.

"네팔 사람 마덥 쿠워는 1992년 한국에 건너와 불법체류자로 봉제공장에서 일하다 다섯 달 만에 과로로 인한 심장마비로 사망했다. 네팔의 가족들은 두 달 뒤에야 그의 사망 소식을 전해 들었으나, 비행기 삯이 없어 그의 시신을 거두러 한국에 오지 못했다. 두 달이 넘게 냉동고 안에 누워 있던 그의 시신은 결국 가족도 없이 화장돼, 뼛가루가 되어 가족의 품으로 돌아갔다."

꼭 들어보기를 권한다. 눈물 흘리지 않을 수 없을 것이다. 영화 〈기생충〉(2019) OST로 유명한 정재일의 최고작 중 하나이기도 하다.

명창 한승석의 목소리를 더 깊게 느끼고 싶다면 유튜브의 라이브 버전을 추천한다. 두 사람의 라이브를 〈배철수의 음악캠프〉 라이브 코너를 통해 1열 '직관'한

적이 있다. 거의 기절할 뻔했다. 현재까지 두 사람의
이름으로 발표된 앨범은 두 장이다. 위대한 두 뮤지션이
언젠가 3집을 내줬으면 한다.

'Autumn Leaves'
Cannonball Adderley

1950년대에 캐넌볼 애덜리는 스타 재즈 뮤지션이었다. 본명은 줄리언 에드윈 이덜리Julian Edwin Adderley. 전설 마일스 데이비스의 파트너였던 그는 직접 발표한 솔로작으로 재즈의 역사를 새로 썼다는 평가를 받는다. 그중에서도 최고로 꼽히는 작품을 하나 꼽자면 이것이다. 이 곡 'Autumn Leaves'가 수록된 [Somethin' Else](1958)다.

이 곡을 고른 이유는 기실 그의 커리어를 설명하기 위함이다. 앞서 언급했듯 캐넌볼 애덜리는 당대의 주목받는 연주자였다. 그는 두엇보다 형편이 어려운 재즈 뮤지션을 도와주길 원했다. 그러나 문제가 있었다. 소속사와의 계약으로 인해 게스트 연주자로 참여하기가 불가능했다. 그는 영민했다. "어차피 가명 쓰는 거 하나 더 만들면?" 이후 그는 벅샷 라 펑크Buckshot La Funke라는 가짜 이름으로 무명의 재즈 음악가의 음반에 참여했다. 이런 그의 음덕을 기리기 위해 윈턴 마살리스가 결성한 밴드가 벅샷 라 펑크다. 그들의 음악 중에는 감미로운 재즈 발라드 'Another Day'가 특히 잘 알려졌다.

'눈'
허클베리핀

허클베리핀은 나의 인생 밴드다. 그들의 앨범 전부를 엄청나게 많이 들었다. 음반마다 최애를 갱신하는 밴드이기도 하다. 과연, 그들의 신작 [The Light of Rain](2022)에는 좋은 음악이 가득하다. 록, 포크, 일렉트로니카를 넘나들면서 밴드 역사상 가장 다채로운 팔레트를 펼쳐낸다. 그중 딱 하나만 꼽으라면 이 곡 '눈'이다. 서정적인 가사와 대중적인 선율을 인상적으로 결합했다. 59초부터 시작되는 드라마틱한 멜로디에 귀 기울이기 바란다. 몸이 붕 뜨는 기분이 들 것이다.

사족 하나 붙여본다. 이 곡과 [The Light of Rain]을 쭉 듣는 도중 돌연 산책이 하고 싶어졌다. 그래서 귀에 이어폰을 꽂고 앨범을 플레이하면서 동네 주변을 걸었다. 그러면서 깨달았다. '아, 나는 산책하고 싶어지게 하는 음악을 좋아하는구나.' 어떤 계기로 음악에 대한 나의 애정이 움트는지 구체적인 이유를 발견한, 적어도 나에게는 잊히지 않을 순간이었다.

서울

서울의 밤과 음악

서울에서 태어나 서울에서 자랐다. 성정 자체가 겁보인지라 서울을 여러 번 벗어나기는 했으되 그건 대개 '일' 때문이었다. 돌이켜보니 진짜 그렇다. 서울을 넘어 모국을 뒤로하고 해외로 향한 건 대부분 출장이거나 여행 상품이었다. 이걸 제외하면 휴식을 위한 '어브로드'는 현재 스코어 열다섯 번가량의 일본 여행이 전부다. 큰 이변이 없는 한 나는 서울에서 살다가 서울에서 죽을 것이다. 나만 한 '서울러' 또 없다.

나는 기본적으로 대도시형 인간이다. 시골에 가면 처음에는 제법 좋지만 얼마 지나지 않아 갑갑함을 느끼면서 서울의 밤거리를 그리워한다.

나만 그런 게 아니다. 누군가가 말한 것처럼 대도시 인간은 거의 예외 없이 네온사인에 중독된 상태다. 그 번쩍거림에 취해 밤거리를 쏘다니면서 외로움을 해갈한다.

20대의 나도 그랬다. 모교인 홍대 부근에서 내가 바로 이 세상의 주인공인 양 크게 웃으며 거의 날마다 대취했다. 심심한 사과를 전하고 싶다. 그 시절, 아무리 곱씹어 봐도 술집에서 나와 내 일행은 너무 시끄러웠다. 귀가 아팠을 것이다. 짜증이 많이 났을 것이다. 나는 지금도 술집에 갔을 때 너무 시끄러운 사람이나 모임이 있어도 이해하려고 노력한다. 내 원죄를 알기 때문이다. 어쨌든, 제법 유쾌하던 그 시절은 이제 지났고, 내가 주인공은커녕 단역조차 맡기 어려운 인간임을 아무런 불만 없이 인정한다. 세월이 선물한 교훈이다.

사람들은 습관적으로 사람 고쳐 쓰는 거 아니라고 말한다. 나 역시 그렇게 단언한 적이 여러 번이다. 물론 총체로서의 사람은 변하지 않을지도 모른다. 그러나 그 총체의 일부는 어쩌면 변할 수도 있다. 다름 아닌 내가 그렇다. 40대에 접어든 이후 어느 순간부터 외출이 아니라 '집콕'을 선호한다. 이유는 별거 없다. 친구가 많지 않은 터라 나갈 일이 좀체 없기 때문이다. 사람을 통해 느낄 수 있는 감정의 결을 거진 다 맛봤다고 생각하는 까닭이기도 하다. 그럼에도, 굳이 외출을 해야 한다면 낮보다는 역시 밤이 좋다. 한적한 골목보다는 사람이 그래도 좀 모이는 장소가 더 끌린다.

　　20대 시절과는 다르다. 홍대나 강남처럼 사람이 너무 많은 곳은 나이가 나이인지라 선호하지 않는다. 뭐든 역시 적당한 게 좋다. 나는 특정한 무엇에만 끌리거나 특화된 사람이 되고 싶지 않다. 내 목표는 밸런스 잡힌 육각형 플레이어다. 적당한 장소에, 적당한 차림으로, 적당한 사람들과 적당하게 즐기다가 적당한 취기와 함께 적당한 시간에 집에 오길 바란다. 적당하게 잠에 들 것이다.

'우리의 밤은 당신의 낮보다 아름답다'
코나 (Feat. 이소라)

처음 유럽에 갔을 때가 떠오른다. 스물아홉 살, 내 인생 첫 해외 방문이었다. 당시 나는 음반사에서 일하고 있었는데 영어를 할 줄 안다는 이유 덕에 프랑스 칸으로 출장을 갔다. 미뎀MIDEM이라는 행사에 참여하기 위함이었다. 미뎀은 전 세계의 음반사가 한데 모이는 거대 이벤트다. 매년 칸 영화제가 열리는 그 공간에서 개최된다. 내 일정은 대략 일주일 정도였다. 직장인이라면 공감할 것이다. 미팅을 4일만에 끝낼 수 있게 빽빽하게 잡았다. 나머지 이틀 동안 칸 근처에 위치한 모나코와 니스를 찬찬히 둘러보기 위함이었다.

출장 중 어느 날, 아마도 이틀째였을 것이다. 해가 지고 밤 9시쯤 됐을까. 알코올이 좀 더 필요해서 주변을 쭉 산책해 봤는데 어디 문 연 데가 없었다. 진짜 하나도 없었다. 치안도 문제였다. 프랑스어라고는 '봉쥬르'와 '메흐시'밖에 할 줄 모르는 이방인이어서가 아니었다. 뭐랄까. "너 이렇게 계속 싸돌아다니다간 어떻게 될지 모른다."는 본능이 빨간불을 켰다. 갑자기 식은땀이 등줄기를 타고 흘렀다. 글쎄. 확인한 적은 없지만 서울만큼 밤과 새벽 시간에 꽤 마음 놓고 돌아다녀도

되는 대도시는 도쿄를 제외하면 없다고 봐야 한다.

서울의 브랜드는 '밤'이라고 생각한다. 서울의 밤은 특별하다. 그렇지 않나. (코로나 이전까지) 전 세계 어디를 뒤져봐도 서울처럼 잠들지 않는 밤을 지닌 대도시는 없었다. 물론 '우리의 밤은 당신의 낮보다 아름답다'는 서울에 관한 노래가 아-다. 밤에 대한 찬가다. 이소라의 관능적인 목소리가 흐르고 농염한 연주가 등장하면, 필연적으로 우리는 어둠의 장막이 내려앉은 밤의 풍경을 상상한다.

이 곡이 발표된 건 1996년이었다. 무려 30년이나 나이 먹은 곡인 셈이다. 당시 나는 대학교 1학년이었다. 술집에 입성하면 예외없이 이 곡이 흘러나왔다. 그때와 비교해 지금 들어봐도 촌스러움이라고는 없다. 어떤 명곡은 이렇게 시간을 먹는다. 세월마-저 이겨내면서 유혹적으로 흐른다. 마치 서울의 밤처럼.

'서울 밤'
어반자카파 (Feat. 빈지노)

아마 오늘 주제에 가장 잘 어울릴 곡이다. 세련된
리듬 위로 흐르는 빈지노의 래핑과 어반자카파의
흥겨운 멜로디, 여기에 서울의 밤을 사진처럼 포착한
노랫말까지, 만약 당신이 서울의 밤에 어울릴 만한
사운드트랙을 찾는 데 어려움을 겪고 있다면
그냥 이 곡을 틀면 된다.

"밤인데도 갈 곳들이 너무 많네 / 네온 조명
아래 굽이굽이 Curvin / 너랑 걷기만 해도
지금 무지 설렘 (중략) / 네가 제일 예뻐 서울에서 /
언제나 날 찾아줘 / 난 Open For 24hours /
난 너의 편의점 같아 / 다신 오지 않을 오늘의 밤 /
너랑 나 You And Me 우리 둘 / 서울 밤"

해외에 나가면 치안 외에 서울이 그리워지는 순간이
있다. 당신도 아마 짐작할 것이다. 바로 주변에 널려
있는 24시간 편의점이다. 잠자리에 들기 전 맥주
한 캔에 간단한 안주가 간절할 때 일본 정도를 제외하면
서울만한 도시가 없다. 어느새 우리는 편의점 없이는
살지 못하는 몸이 됐다. 서울러의 숙명이다.

'꿈'
조용필

서울은 시끌벅적하다. 욕망으로 펄펄 끓는 용광로와도
같다. 가끔씩 우리는 소음에 둘러싸일 때 안정감을
느끼곤 한다. 헤비메탈이나 펑크Punk 같은 음악을
감상할 때 도리어 평안함에 이르는 것과 같은 이치다.
만약 당신이 대도시가 끊임없이 뿜어내는 밤의
에너지를 강렬하게 체험하고 싶다면 서울이 정답이다.

예전에 한 후배가 이 곡에 대해 이런 얘길 한 게
생각난다. "우리 아빠가 돈 벌려고 서울로 상경하고 난
뒤에 이 곡을 진짜 많이 들었대. 그저 음악 한 곡일
뿐인데 정말 큰 힘이 됐대."

1991년. 한국은 여전히 고도 경제성장 중이었다. 모두가
각자 꿈을 안고 서울로 몰려들어 직장을 구했다.
밤낮없이 일하면서 월급을 받았다. 쉽지는 않았다.
"화려한 도시를 그리며 찾아왔"건만 녹록하지 않은
현실에 부딪히고 좌절한 이들도 많았을 것이다.
그들에게 위로가 되어준 노래 딱 하나만 꼽아야 한다면
이견은 있을 수 없다. 다시 들어도 벅찬 감동을 전하는
이 곡, 조용필의 '꿈'이다.

03

여기가 바로 미륵정토까지는 아니어도
홑겹 문풍지처럼 연약한 내 영혼이 기대 쉴 수
있는 공간이다. 이 공간에서 나는 다른 사람은 볼
수 없는, 은밀히 숨겨둔 나만의 황금 날개를
펼친다. 그리하여 나는 이곳에서야 비로소 나를 좀
사랑할 수 있을 것 같다.

— 〈수집〉 중에서

취향과 예술

취미

나와 당신의 취미

나에게는 취미가 있다. 당신에게도 취미가 있다. 취미 없는 사람이 없진 않다. 세상사 너무 고달파서 취미 하나 즐기지 못한 채 나이 든 사람, 내 주변에도 몇 있다. 정체를 밝힐 순 없지만 그중 한 명을 떠올려본다. 그에게는 취미가 없었다. 대신 일에 파묻혀서 지냈다. 가히 '일이 아니면 죽음을 달라.' 수준이었다. 그는 주말에도 출근했다. 아주 가끔씩, 회사에 뭐 놓고 온 게 있어 주말에 찾으러 가면 그는 어김없이 일을 하고 있었다. 평일에 족히 백 명은 바글거리는 공간에서 혼자 무언가를 하고 있었다.

그는 이제 없다. 은퇴한 지 오래라 어떻게

지내는지 전혀 알지 못한다. 상상해 본다. 그가 어떤 삶을 경영하고 있을지를 떠올려본다. 글쎄. 아무리 애써봐도 그림이 그려지지 않는다. 일을 하지 않는 상태의 그가 나에게는 영 낯설다. 그에게는 일이 곧 취미였다. 살아가는 보람 거의 전부를 일에서 추수했다.

　　나는 또 다른 사람을 알고 있다. 그는 언제나 일을 대충 했다. "최선을 다하면 도리어 역효과야."가 그의 주된 논리였다. 그의 소신은 "힘을 좀 빼고 일해야 오래 할 수 있다."였다. 이 사람 역시 지금은 은퇴하고 없다. 나는 그가 어떻게 사는지를 조금은 안다. 여전히 즐겁게 잘 산다고 전해진다. 이곳저곳 돌아다니면서 그간 하지 못한 경험을 한껏 누리고 있다고 한다. 그에게는 일이 곧 취미가 아니었다. 일과 (휴식을 포함한) 취미를 황금분할로 나눈 뒤 수치로 굳이 따지자면 7 대 3 정도의 에너지를 쏟았다. 그는 가히 '워라밸'의 선구자였다.

　　취미 전성시대다. 당장 인터넷 조금만 둘러봐도 취미를 계발해 줄 강좌가 넘쳐난다. 어쩌면 당신은 이런 현상에 딴지 걸고 싶을지도 모른다.

조금 과하다 싶은 측면이 없지 않기 때문이다. 한데 내 생각은 좀 다르다. 우리는 보통 취미라는 게 뭔가 자연발생적인 과정을 거쳐 산파되는 거라고 여긴다. 아니다. 꼭 그런 것만은 아니다. 취미는 자연발생적일 수도 있지만 계발되는 것일 수도 있다.

앞에서 두 번째로 언급한 지인이 그런 타입의 사람이었다. 그는 일단 하고 봤다. 처음엔 영 맞지 않는 것도 있었지만 어쨌든 반복해서 시도했다. 요컨대 누적의 강력한 힘을 신뢰한 셈이다. 이런 과정을 거치며 그는 자신의 취미를 천천히 계발해 나갔다.

실패가 없었을 리 없다. 실패는 불가피하다. 이 책에도 썼듯이 구직에서 실패해선 안 될 것이다. 입시 실패 역시 피할 수 있다면 피하는 게 최선이다. 그러나 취미라면 얘기가 좀 달라진다. 조금 실패해도 괜찮다. 만약 영화 보기를 취미로 삼아볼까 하다가 영 안 맞는다면 미술 관람으로 갈아타면 그뿐이다. 괜찮다. 이걸 갖고 부장님이 뭐라 할 리가 없잖은가. 미술이 좀 지루하다면 음악으로 가볍게 환승하면 된다. 과장님이 뭐라고 한다면 그건 전적으로 그 과장님이 이상한 거지 당신 책임이 아니다. 단, 명심해야 할 태도가 하나 있다. 달랑 몇 번 해보고 나랑 안 맞는다고 섣불리 단정하면 안 된다. 개인마다 차이는 있겠지만 누적의 힘이 본격 발휘되려면 아무래도 시간 투자와 반복은 필수다. 그러다가 어느 순간 느낄 것이다. 허들이 점점 낮아지고 있구나 싶은 존으로 쑥 입성하는 듯한 그 기분 말이다.

나에게는 오랜 취미가 하나 있다. 물론 음악은 아니다. 이건 직업이기도 해서 취미라고 하기엔 좀 곤란하다. 차라리 LP 모으는 게 취미라면 취미다. 나는 달린다. 그것도 꽤나 자주 달린다. 처음엔 좀 싫었다. 아니, 많이 싫었다. 달리기만큼이나 자주 하는 자전거 타기와는 또 달랐다. 너무 단순 반복적인 행위가 마음에 와닿지 않았다. 어릴 때부터 구기 종목을 선호했다. 축구를 했고, 농구를 했다. 그런데 이제 마흔다섯 살이다. 농구와 축구를 하기엔 무릎 상태가 걱정스럽다. 그래서 달렸다. 처음엔 천천히 달리다가 속력도 내보고 하면서 반복, 또 반복했다. 얼마 지나지 않아 마법 같은 현상이 발생했다. 나는 어느새, 달리는 순간을 고대하는 사람이 되어 있었다. 과연, 누적의 힘이란 무섭다. 거의 소름이 끼칠 정도다.

고통이 없을 수 없다. 숨이 턱턱 막히는 순간도 있다. 그럼에도, 나는 달린다. 다 달리고 난 뒤의 보람을 온몸으로 만끽하고 싶어서다. 어쨌든 그 고통, 조금이라도 줄여야 더 달릴 수 있다. 뭐로 보나 자명한 이치다. 고통 감소를 위해 내가 선택한 건 당연히 음악이다. 음악이 선물하는 리듬에 몸을 맡긴 채 내일도 겨울바람을 뚫고 달릴 것이다.

'달리기'
윤상

살다 보면 뻔한 줄 알면서도 도저히 거부할 수 없는
무언가와 마주치게 마련이다. 이 곡이 그렇다. 달리기할
때 '달리기'를 듣지 않는 건 왠지 직무 유기처럼
느껴지는 까닭이다. 핵심 가사는 이렇다.

"단 한 가지 약속은 / 틀림없이 끝이 있다는 것 /
끝난 뒤엔 지겨울 만큼 / 오랫동안 쉴 수 있다는 것"

이 부분 때문에 한때 이 곡이 "자살을 뜻한다"는
괴소문이 돈 적 있었다. 곡 분위기가 활기차다기보다는
약간 우울한 탓도 있었을 것이다. 윤상 씨에게 물어본
결과, 그럴 의도는 조금도 없었다고 한다. 그러니
당신도 괜히 가짜 뉴스 믿지 말고 이 곡 들으면서
달려보기 바란다. 빠르지 않은 속도로 달리기에 이보다
더 적합한 곡은 많지 않다. 원곡은 1996년 故 신해철과
함께 발표한 노땐스의 앨범 [골든힛트]에 실려 있다.

'She Wolf'
David Guetta (Feat. Sia)

다비드 게타의 음악은 마치 달리기를 위해 만들어진 것처럼 들린다. 이 곡뿐만이 아니라 'Titanium'이나 'Lovers on the Sun' 등도 달릴 때 플레이하면 힘을 불어넣는 데 효과 만점이다. 'Titanium'엔 'She Wolf'처럼 시아Sia가 보컬로 참여했고, 'Lovers on the Sun'에서는 샘 마틴Sam Martin의 근사하게 허스키한 목소리를 들을 수 있다. 두 보컬리스트 모두 고음에서 쭉쭉 뻗어나가는 기세가 굉장하다. 여기에 다비드 게타가 창조한 비트가 더해져 달리기에 탄력을 부여한다. 그러니까, 만약 당신도 달린다면 이렇게 세 곡을 'She Wolf'부터 순서대로 들어보길 권한다. 아주 자연스럽게 속도가 쭉 올라갈 것이다.

'너에게 간다'
윤종신

이 노래 빼놓으면 섭섭하다. 윤종신이 발표한 수많은
히트곡 중 이 곡만큼 듣는 이를 두근거리게 하는 노래는
없다고 생각한다. 스트리밍 사이트를 보면 이 곡에 대해
"4분 동안 상영되는 단편 영화"라는 댓글이 있다.
완전하게 동의한다. 이런 사람이 평론가를 해야 하는데
이상한 사람이 글을 쓰고 있다.

물론 곡 제목처럼 목적지가 있어 달리는 건 아니지만
이 곡만큼 달리기를 위한 최적의 리듬 패턴을 가진
경우는 그렇게 많지 않다. 뭐랄까. 빵처럼 서서히
부풀어가는 리듬에 맞춰 속도를 조금씩 올릴 때 이 곡을
꼭 플레이한다. 곡이 절정으로 향하면 가슴 벅찬
기분마저 느낄 수 있을 것이다. 단, 괜히 울컥한 나머지
달리면서 멈출 수도 있으니 주의 바란다.

내 영혼이 기대어 쉴 수 있는

인터넷 서점 알라딘이 24주년을 기념해 구매 고객들에게 통계를 내준 적이 있다. 이 자료에 따르면 나는 24년간 알라딘에서 총 14,031,380원을 썼고, 이는 상위 0.195퍼센트에 해당되는 기록이었다. 알라딘은 심지어 격려도 해줬다. "이 기세라면 100세까지 6,206권을 더 구매하실 수 있습니다. 눈 관리! 건강 관리!" 나는 "라딘아. 내 건강은 내가 알아서 챙길게. 그리고 은퇴한 뒤엔 아무래도 수입이 대폭 줄지 않겠니?"라며 반문하고 싶었지만 그냥 참기로 했다. 그러고는 통계를 정리한 뒤 소셜 미디어에 올렸다.

비단 알라딘만은 아니다. 교보문고와 예스

24에서의 구입 목록, 아마존 또는 단골 음반 가게에서 호쾌하게 카드를 긁은 수많은 CD와 바이닐이 엄연히 존재한다. 당장 내 방만 둘러봐도 CD와 바이닐과 만화책이 사방에서 나를 포위하듯 에워싸고 있다. 왠지 모르게 두 손 번쩍 들고 항복해야 할 것 같은 에너지가 느껴진다.

CD나 바이닐 또는 책을 '물성'이라고 정의한다면, 나처럼 사람들은 이 물성을 소셜 미디어에 전시하는 경향이 있다. 전부는 아니지만 대부분 그렇다. 그러면서 이런저런 탄식을 덧붙인다. 그것은 대체로 자신의 소비를 질책하는 투를 띠는데, 자세히 들여다보면 결코 질책이 아니다. 나 역시 마찬가지다. "이렇게나 많은 돈을 쓰다니 한심한 놈"이라고 썼지만, 내가 똑똑하지는 못해도 한심하다고는 전혀 생각하지 않는다.

대체 왜일까를 고민해 본다. 요약하면 그것은 '나를 사랑할 수 있는 방법들 중 가장 현명하다고 여겨지는 소비'이기 때문일 것이다. 인정한다. 나는 돈을 썼다. 이 팍팍한 세상, 저금을 해도 모자랄 판에 책과 음반을 구입하고 굿즈를 샀다. 따라서 일차적으로 책망받아야 마땅하다. 그러나 속뜻은 기실 이게 아니다. 내가 피 같은 자본을 투입한 목록을 한번 보기 바란다. 책이다. 앨범이다. 한정판 굿즈다. 어쨌든 좀 근사하지 않은가 말이다. 뭐, 산 책과 앨범을 다 보고 다 감상한 것도 아니고, 누군가는 굿즈를 '예쁜 쓰레기'라고 표현하겠지만, 괜찮다. 삶은 대체로 지리멸렬하다. 성공은 멀고 불안과 좌절은 늘 우리 주위를 기웃댄다. 나는 책과 앨범과 굿즈를 모으면서 이러한 삶에서 잠시나마 벗어난다. 여기가 바로 미륵정토까지는 아니어도 홑겹 문풍지처럼 연약한 내 영혼이 기대 쉴 수 있는 공간이다. 이 곳에서 나는 다른 사람은 볼 수 없는, 은밀히 숨겨둔 나만의 황금 날개를 펼친다.

작가 조지 손더스George Saunders는 독서 모임을 하면서 "읽기가 자신을 더 포용력 있고 너그러운 사람으로 만들고, 삶을 더 흥미롭게 만든다는 사실"을 경험으로 아는 사람들이 있음을 깨달았다. 그리하여 "선善을 향한 방대한 지하 네트워크가 작동하고 있다고 확신하게 되었다"고 한다.♦

따라서 소셜 미디어에 책 목록을 굳이 올리

는 건, 일종의 허영심이 작용한 탓이기도 하겠지만 바깥세상의 네트워크를 향해 타진하는 SOS이기도 한 셈이다. 한데 허영심이면 또 어떤가. 어쩌면 적당한 허영심은 문화예술을 즐기게 해주는 원동력이 될 것이다. 다시 내 방의 책과 CD, 바이닐을 둘러본다. 마치 세상이 아무리 소란스러워도 그윽하고 깊은 무언가가 어딘가에 존재한다고 말해주는 것만 같다. 소년소녀여. 황금 날개를 펼쳐라.

'My Love And I'
Charlie Haden, Brad Mehldau

2010년 찰리 헤이든이 발표한 [Sophisticated Ladies]
수록곡이다. 이걸 어디에서 샀는지는 기억나지 않는다.
알라딘 아니면 단골 음반 가게였을 것이다. 오리지널은
따로 있다. 1954년 영화 〈Apache〉를 위해 작곡가
데이비드 랙신David Raksin이 만들었다.
찰리 채플린Charlie Chaplin이 감독하고 주연한
영화 〈Modern Times〉(1936)로 널리 알려진
음악가이기도 하다.

'My Love And I'는 이후 수많은 뮤지션이 커버하기도
했는데 적어도 나에게 최고는 찰리 헤이든이 브래드
멜다우와 함께 발표한 라이브 앨범 [Long Ago And Far
Away](2018)에 수록된 버전이다. [Sophisticated
Ladies]에 실린 스튜디오 버전도 훌륭하지만 라이브
버전의 감흥을 따라가지 못한다. 멜론에서 찾아봐도
라이브 쪽의 좋아요 갯수가 압도적으로 많다.
그러고 보면 사람들 귀가 다 비슷비슷하다.

'나의 타마코, 나의 숙희'
조영욱

사운드트랙을 많이 사지는 않는 편이다. 한국 영화
사운드트랙은 더욱 그렇다. 그러나 이 음반은 달랐다.
영화를 보자마자 언젠가 바이닐이 제대로 발매되면
무조건 사야겠다고 결심했다. 이유는 딱 하나,
이 곡 '나의 타마코, 나의 숙희'를 듣고 싶어서였다.
알라딘에서 바이닐 예매가 뜨자마자 조금의 망설임도
없이 바로 질렀다.

만약 나에게 박찬욱 감독 최고작을 꼽으라면 선택은
〈아가씨〉(2016)일 수밖에 없다. 두 주인공이 저택을
탈출하는 장면에 흐르는 이 곡의 감동을 도무지 잊을
수가 없어서다. 이 신에서 카메라와 음악은 서로를
꼭 닮았다. 피아노와 현악 연주가 원테이크로 촬영한
화면과 포개지면서 우아하게 활공을 거듭하는데
극장에서 너무 좋아서 비명을 지를 뻔했다.

모든 시작이 이 앨범에서 비롯되었다. 용돈을 모으고 모아서 직접 구입한 첫 번째 음반이다. 당연히 카세트테이프로 샀다. 한데 그때는 몰랐다. 이 앨범이 당시 가요계에서는 도저히 나올 수가 없는 라이브 사운드 퀄리티를 담고 있다는 걸 나중에야 알았다.

슬프게도 나는 20대 시절 이사하면서 그때까지 컬렉션한 카세트테이프 몇백 장을 다 갖다 버렸다. 다시는 들을 일 없겠지 싶어서였다. 여러분은 나처럼 섣부르게 판단하지 말기를 바란다. 모아두면 다 피가 되고 살이 된다. 모두가 미니멀리스트가 될 필요는 없다. 영화 평론가 김도훈이 책에 적은 것처럼 "좋아하는 게 지나치게 적은 것보다야 과하게 많은 것이 더 재미있는 인생 아니겠는가."♦♦ 부디 나를 포함한 수많은 맥시멀리스트와 호더에게 축복 있으라.

영화

영화에 깃든 음악

어쩌다가 내 인생이 이렇게 되어버린 걸까. 원래 내 꿈은 뮤지션이 되거나, 음악에 관한 글을 쓰는 것이었다. 전자는 재능 부족으로 진작 관뒀지만, 후자는 좋은 인연 덕분에 어떻게든 해내고 있는 편이다. 뭐, 자부심이 없지는 않다 나는 정말 많은 음악을 들었고, 음악 공부를 게을리하지 않았다. 기회가 왔을 때 준비가 되어 있었다는 의미다. 그래도 이 정도면 대운大運을 타고난 게 아닐까 싶기도 하다. 지나친 겸손이 아니다. 인연을 맺어준 분들을 향한 감사의 인사다.

그럼 영화는 어쩌다 내 인생에 끼어든 걸까. 역시 우연한 기회 덕분이었다. 어느 날, MBC

라디오의 모 피디가 "순탁 씨, 라디오에서 영화 애기 좀 해볼래요?"라고 제안했는데, 처음엔 "저 사람이 미쳤나." 싶었다. 그런데 아니었다. 그는 참으로 진지했다. 이후 경험 삼아 해보자는 심정으로 라디오에서 영화 이야기를 1년 넘게 했고, 이를 계기로 TV 영화 프로의 한 코너를 맡았다. 지금도 영화 관련한 일이 가끔 들어온다. 그래서 영화를 일주일에 최소 한두 편은 본다. 그중에는 걸작도, 망작도, 평범하기 짝이 없는 작품도 있다. 그러나 나에게 영화의 완성도를 판단하는 섬세한 기준 따위 있을 리 없다. 그런 건 전문적인 영화 비평가가 해야 하는 영역이다. 따라서 영화를 선정한 바탕은 '완성도'가 아님을 밝힌다. 주로 음악으로 내 마음을 크게 움직였던 작품이다.

스티븐 프리어스,
〈사랑도 리콜이 되나요〉(2000)
'I Believe (When I Fall In Love
It Will Be Forever)'
Stevie Wonder

만약 당신에게 낯선 영화일지라도 이렇게 확언할 수
있다. 당신이 음악 팬이고 레코드 컬렉터인데
이 영화를 안 봤다면 지금까지 인생 조금 잘못 산 거다.
성경 안 읽는 기독교인 봤나? 코란 안 읽는 이슬람교도
봤나? 생각보다 꽤 많을 거 같긴 하지만 어쨌든 이와
거의 비슷한 의미라고 보면 된다.

〈사랑도 리콜이 되나요〉는 음반 수집가에 관한 영화다.
레코드 가게가 무대로 나오고, 사장 한 명, 직원 두 명이
메인 캐릭터인데 세 명 모두 지독한 음악 덕후다.
사장은 저 유명한 존 큐잭John Cusack이, 직원 중 한
명은 우리에게도 친숙한 잭 블랙Jack Black이 연기했다.
다시 한번 강조한다. 잭 블랙이 나온다. 그렇다면
여러분은 〈스쿨 오브 록〉을 자동적으로 떠올릴 것이다.
비단 나뿐만은 아니다. 이 영화를 〈스쿨 오브 록〉보다
더 재미있게 본 음악 덕후가 많다. 그것도 아주 많다.

스토리는 주인공을 맡은 존 큐잭이 헤어진 연인의
'순위'를 매기면서 그들을 다시 찾아가 "대체 내가 뭐가
문제였는지"를 묻는 방식으로 진행된다. 그리하여 결국
그런 순위가 부질없음을, 중요한 건 추억임을 깨닫는다.
영화 말미에 다시 사랑을 찾은 존 큐잭은 연인을 위해 단
하나뿐인 모음집을 만들 거라면서 이 노래를
플레이한다. 바로 스티비 원더의 'I Believe (When I Fall
In Love It Will Be Forever)'다. 글쎄. 사랑에 영원은
없다는 걸 모르지 않는다. 그럼에도 '영원을 기도하는
마음'도 없는데 그걸 사랑이라 부르기는 아무래도
좀 곤란하다. 부디 주인공의 사랑이 그의 바람처럼
영원하기를 이 영화를 볼 때마다 희망한다.
좋은 영화라는 게 대개 이렇다.
영화가 끝난 뒤에도 주인공의 삶이 대체 어떻게 될지
상상의 나래를 펼치게 한다.

폴 토마스 앤더슨, 〈매그놀리아〉(1999)
'One'
Aimee Mann

정확하게 세어보진 않았지만 이 영화, 거의 열 번은 본 것 같다. 나는 술에 취하면 어떤 일도 할 수 없는 타입의 인간이다. 취하면 글이 더 잘 써진다고 하는 몇몇 동료들을 봤는데 그건 나에겐 꿈도 꿀 수 없는 신의 경지다. 그래서 취하면 음악을 듣거나 영화를 감상하거나 게임을 한다. 아니, 정확하게 말할 필요가 있다. 적어도 영화의 경우 나는 술 취하면 〈매그놀리아〉를 본다. 오랜 버릇이다. 이 작품에 등장하는 주인공은 여럿이지만 결국에는 하나의 페르소나로 수렴된다. 그건 바로, 결핍과 상처를 어떻게든 껴안고 살아가야 하는 우리 자신이다. 과연, 부조리한 삶 속에서 우리는 어쩔 수 없이 상처받는다. 불완전한 존재의 커튼을 찢고, 생의 부조리함에 당당한 태도로 맞서야겠지만 이게 말처럼 쉽지는 않다. 죽는 그 순간까지 아물지 않을 것만 같은 내면의 상처는 결핍의 또 다른 이름일 것이다. "1은 가장 외로운 숫자죠." 영화 속에서 에이미 만의 이 노래가 괜히 흐르는 게 아니다. 참고로 이 곡 'One'의 오리지널 가수는 해리 닐슨Harry Nilsson이고, 쓰리 도그 나이트Three Dog Night의 커버가 특히 유명하다.

스티븐 돌드리, 〈빌리 엘리어트〉(1999)
'London Calling' The Clash /
'Cosmic Dancer' T. Rex

이런, 안 울려고 했는데 그만 또 울어버렸다. 영화
마지막에 클로즈업으로 아버지 얼굴을 비추는 장면을
볼 때마다 나는 눈시울을 적시는 것을 넘어 눈물을
주르륵 흘린다. 가끔은 대성통곡한다.

이 영화의 음악은 곧 시대의 상징으로 작동한다.
대표적인 곡이 클래시의 'London Calling'이다.
때는 1980년대 영국 북부 광산촌. 영화는 대처 정권에
맞선 광부 파업으로 공권력과 광부 노조 간의 갈등이
첨예하게 대립하던 시절을 그린다. 공권력의
폭력을 고발하는 이 곡은 광부 파업 장면에 흐르면서
잊지 못할 여운을 남긴다.
한편 오프닝에 등장하는 티렉스의 'Cosmic Dancer'는
주인공 빌리가 꿈꾸는 '춤을 통한 자유'를 뜻한다.
"난 태어날 때부터 춤을 췄죠."라는 가사가 말해주듯이
말이다. 이 영화에서 의미심장하지 않은 선곡이라고는
단 하나도 없다. '선곡이 끝내주는 비캬음악영화
리스트'를 꼽는다면 내 마음속 1위는 무조건 이 작품,
〈빌리 엘리어트〉다.

이준익, 〈라디오 스타〉(2006)
'비와 당신'
박중훈

우선, 한국 영화 하나쯤은 끼워 넣어야 하는 의무감에
이 영화를 택한 건 아니라는 점을 분명히 밝혀둔다.
〈라디오 스타〉가 개봉하기 전까지 나는 언제나 '좋은
한국 음악영화' 한 편 나왔으면 했다. 잊지 못할 여운을
남기는 스토리, 탄탄한 연기, 탁월한 음악 등이 말
그대로 '일체'가 된 듯한 작품 하나가 간절했다. 글쎄.
음악영화라는 타이틀을 내건 영화들이 몇 있었지만,
만족스러운 경우는 거의 없었다. 〈고고70〉(2008)과
이 작품, 〈라디오 스타〉를 제외한다면 말이다. 게다가
나는 '진짜 라디오 스타'와 함께 20년 가까이 방송을
하고 있다. 나는 그를 'Mr. Radio'라고 부른다.
오랜 시간 일해본 결과, 라디오는 세 바퀴로 굴러가는
자전거 비슷한 게 아닐까 싶다. 아날로그, 감수성
그리고 음악. 이런 측면에서 나는 이준익 감독이
라디오라는 매체를 깊이 이해하고 있음을 이 작품을
보며 확신했다. 조금 부끄럽지만 용기를 내어 외쳐본다.
라디오, 만세.

요리

'조금 더'라는 주문

수두룩한 명언에, 심지어 미래까지 여러 차례 예언한 〈무한도전〉에서 출연자 길이 이런 말을 했다. "난 분쟁이 싫어." 장안의 화제였던 〈흑백요리사〉, 당연히 봤다. 끝까지 정주행하지는 못했다. 이유를 고민해 봤다. 어쩌면 나이 들수록 경쟁을 통한 생존에 환호를 보내는 구도가 견디기 어려워서인 듯하다.

요리사를 동경한다. 온 마음을 다해 진심으로 멋지다고 생각한다. 나는 요리야말로 가장 위대한 예술이라고 거의 확신하는 쪽이다. 그렇다면 음악은 어떻게 되는 거냐고 반문할 것이다. 물론 음악은 요리와 더불어 인류가 향유해 온 가장 오랜

예술이다. 한데 모든 예술 중 우리 목숨과 직접적
으로 연관된 것은 오직 하나뿐이다. 요리다.

　'먹고사니즘'은 매우 중요하다. 아무리 강조
해도 지나치지 않다. 먹고 살아야 음악도 듣고, 영
화도 보고, 미술관도 갈 수 있다. 소설가 김훈은 한
인터뷰에서 자신은 돈을 우습게 아는 사람을 우습
게 안다고 말했다.♦ 똑같은 이치다. 즉, 모든 예술은
우리 인생에 주어진 특별 보너스 비슷한 거다. 반
대로 말하면 이 보너스를 거의 누리지 못하는 사
람이 세상에는 셀 수 없이 많다. 그렇다. 나의 일상
이 누구에게는 사치일 수 있다. 나는 어제도 게임
을 하고, 음악을 듣고, 영화를 봤다. 가끔 짬이 나
면 미술관도 가려고 애쓴다. 감사하지 않을 이유가
없다. 그렇지만 요리는 좀 다르다. 제법 공평하다.
아니, 공평한 것처럼 보인다. 아무리 돈이 많아도
스스로 하거나 타인이 해준 요리를 먹지 않고서는
살 수가 없기 때문이다.

　이런 이유일 것이다. 요리, 그중에서도 '비
싼' 요리는 욕을 참 많이 먹는다. 지금 당장 유튜브
만 둘러봐도 "입에 넣으면 다 같은 걸 왜 저 돈 주

고 먹냐."는 댓글이 넘쳐난다. 약간은 과체중이지만 비만은 아닌 중년 남성으로서 나는 사적 경제가 허락하는 한 가격이 제법 나가는 요리를 먹어보는 경험을 아주 좋아한다. 단지 맛 때문만은 아니다. 그 요리를 지긋이 바라보는 즐거움이 적어도 나에게는 상당하기 때문이다.

이를테면 상상력의 힘이다. 나는 요리를 주시하면서 거기에 들어간 재료와 요리사의 아이디어와 노고를 떠올린다. 우리는 자즈 '한 끗 차이'라는 표현을 사용한다. 미슐랭 별로 말하면 그 한 끗 차이가 별 한 개를 가른다고 미식가들은 입을 모아 얘기한다. 나는 미식가는 아니지만 여기에서 삶의 자세를 배운다. 어떤 대상에 완전히 몰입해 한 끗 차이를 일궈내려는 광기에 가까운 노력에 대해 생각한다.

결국 '조금 더'에서 인생이 갈린다고 확언할 수는 없지만 그럴 것이라고 믿는 수 외에는 답이 없다. 나는 '조금 더'를 긍정하기도, 부정하기도 한다. 새해에는 책 사기를 '조금 더' 줄일 것이다. 새로운 것에 집착하는 마음 역시 '조금 더' 내려놓을 것이다. 다만 딱 한 가지, 내가 하는 일에서만큼은 '조금 더'를 추구할 것이다.

안타깝게도 나는 천재가 아니다. 그건, 이 글을 읽는 독자들도 대부분 마찬가지일 것이다. 그렇다면 인생에 방법은 하나뿐이다. '조금 더'라는 말을 되뇌면서 반복하고 누적하는 것. '조금 더'가 향하는 방향이 필요 이상의 질투나 욕심 같은 것만 아니라면 '조금 더'는 참으로 이로운 주문이 될 것이다. 치열한 자세로 요리를 대하는 저 요리사들처럼.

‘평양냉면’
스텔라장

평양냉면 책까지 낸 입장에서 한 곡 정도는 꼽지 않을 수
없다. 기실 이 곡은 평양냉면 찬가가 아니다. ‘평양냉면
같은 사람’을 표현한 노래라고 보면 된다. 가사는
요약하면 이렇다. 처음엔 영 별로였는데 자꾸 눈이
간다는 것이다. 그래서 “I’m stuck on you”, 너에게
반했다고 고백하는 곡이다.

굳이 교훈 하나 끌어내자면 나는 사람을 단 한 번으로
평가하지 않으려 애쓴다. 인간이라는 존재가 그렇다.
홑겹이 아닌 여러 겹이다. 심지어 이 여러 겹은 전혀
질서정연하지 않다. 엉망진창, 모순덩어리다. 그럼에도
우리는 대상을 섣부르게 단정하고 단단하려 한다.
나는 ‘관상은 과학’이라는 말을 조금도 신뢰하지
않는다. 아주 단적으로 말해 이 세상에는 거친 외모에
착한 심성을 갖고 있는 사람이 넘쳐난다.
물론 나 역시 함부로 누군가를 재단하고는 한다.
다만, 그렇게 하지 않으려고 애쓸 뿐이다.
어떤 매력은 단번에 찾아오지 않는다. 반복을 좀 해야
겨우 발견할 수 있는 매력도 이 세상에는 있는 법이다.
평양냉면이 그런 것처럼.

'튀김우동'
권나무

겨울이 되면 자동으로 생각나는 요리가 몇 있다. 그중
하나가 튀김우동이다. 참 신기하지 않나. 튀김은 원래
바삭한 게 제맛인데 우동 국물에 적셔서 먹는 맛 또한
별미다. 여기에 튀김이 동동 떠 있는 뜨끈한 국물 한
모금 마시면 이 추운 겨울, 거뜬히 이겨낼 것만 같다.
어떤 부재료도 들어가지 않은 심플한 우동도 좋지만
튀김 몇 조각 더한 우동이 나에게는 좀 더 매력적이다.
그중 최고는 아무래도 새우튀김이다.

내 지론은 이렇다. 오징어튀김은 떡볶이에,
새우튀김은 우동에. 일본에 가면 덴푸라 오마카세를
파는 집이 있다. 비싸다. 나도 딱 두 번 가봤다.
처음부터 끝까지 튀김만 나오는데 느끼할 것 같지만
전혀 그렇지 않다. 단, 오마카세를 즐기면서 이런
생각은 했다. '중간 즈음에 찍어 먹을 떡볶이 국물이
나오면 더 좋을 것 같은데.'

권나무는 한국 인디를 대표하는 포크 싱어송라이터다.
튀김우동처럼 따뜻한 무언가를 바라는 마음을 담아낸
곡이라고 보면 된다.

'Be Sweet'
Japanese Breakfast

최근 몇 년간 읽었던 에세이 중 1위를 꼽으라면
미셸 자우너Michelle Zauner의 《H마트에서 울다》를
선택할 것이다. 그만큼 큰 감동을 받았다. 책을 덮고는
이런 생각을 했다. 그렇게 지지고 볶고 싸우다가도
기저에 사랑이 있었음을 마침내 깨달았을 때,
인간은 대성통곡할 수밖에 없는 법이구나.
그 사랑의 매개 중 하나가 이 책에서는 요리다. 잣죽,
갈비, 된장찌개, 김치 등등. 이 책의 가장 큰 매력은
담담한 문체에 있다. 뭐랄까. 이것은 슬픔을 이겨낸
사람의 기록이 아니다. 슬픔을 사는 것이야말로
삶의 필연임을 깨닫게 된 자의 육필 수기다.
과연, 사랑은 언제나 슬픔을 이고 오는 법이다.

재패니스 브렉퍼스트는 미셸 자우너가 이끄는 밴드다.
재패니스가 들어갔지만 엄연히 한국계 뮤지션임을
기억하자. 미셸 자우너는 탁월한 뮤지션이다. 감정을
섬세하게 짚는 그의 음악과 노랫말은 이미 세계적인
입지를 단단하게 굳혔다. 무명에 가까운 인디였던
미셸 자우너는 어느덧 베스트셀러 작가이자
그래미 후보에 오른 음악가다.

예술

순수는 절대로 없다

결론부터 말한다. 그 어떤 영역이든, 절대적 순수
는 절대로 없다. 그것이 음악이든 그 무엇이든 순
수라는 신화를 향한 믿음을   내려놓는 순간 더 넓
은 영토가 우리 앞에 펼쳐질 것이다.

　'예술'에 대한 우리의 고정관념을 한 번쯤
되새김질해 보면 어떨까 싶다. 흐음. 예술이라. 뭐
랄까. 많은 사람에게 예술을 한다는 행위는 어딘지
모르게 마법 같은 무엇으로 여겨진다. 아무래도 그
렇다. 사람들은 "예술을 한다."는 문장을 칠흑 같
은 무에서 유를 건져 밝은 빛으로 인도하는 과정
쯤으로 상상하는 경향이 있다. 이를테면 빈 캔버스
위에 이전에는 존재하지 않던 세계를 일순간 창조

하는 것. 이 순간 예술가와 그의 예술을 향유하는 감상자의 관계는 '신-인간'의 그것과 정확하게 일치한다. 그도 아니라면 예술가는 과거 제사장의 위치를 계승한 존재다. 공연장은 고대 제의의 현대적 변용이고, 예술가는 제사장이 그랬던 것처럼 관객을 자신의 예술로 도취시킨다.

　　　여기에서 중요한 질문은 '예술가가 신이냐, 제사장이냐.'에 있지 않다. 핵심은 '왜 사람들은 위대한 예술가를 신 또는 우상처럼 숭배해 왔을까.'에 놓여 있다. 다시 한번 강조하건대 예술에 대한 고정관념 때문일 것이다. 사람들에게 예술가는 매혹을 넘어 주술적인 존재로 받아들여져 왔다. 우리가 예술적 성취를 가늠할 때 가장 먼저 선택하는 언어가 대개 '독창성'이라는 점이 이것을 증명한다. 물론 현대 예술에서 완전히 순수한 창조란 사실상 불가능하다. 대신 순수한 창조에 가깝다고 받아들여질수록 예술가는 더 높은 찬사를 획득한다. 진정한 예술가가 무에서 유를 창조하는 것처럼 뮤지션이 음악을 만든다면 거기에 이전까지 존재한 음악과 유사한 구석은 가능하면 없어야 한다는 것이다. 만약 유사한 구석이 발견된다면 불순물 취급을 받고 그 음악은 예술로 인정되지 않는다.

과연 그럴까. 대표적으로 '샘플링(기존에 있는 음원의 일부를 그대로 따와서 활용하는 기술)'에 대한 시각을 살펴보자. 대부분의 경우, 샘플링이라는 테크닉을 원본에 종속된 하위 카테고리 정도로 분류할 것이다. 심지어 샘플링이 음악의 순수성을 오염했다는 관점을 지닌 사람도 없지 않다. 이 지점에서 어쩌면 관습에 길들여진 우리의 통념이나 고정관념을 역전해 봐야 한다. 틀을 까고 사고해 봐야 한다. 힙합 평론가 김봉현의 성찰을 빌려본다. 그는 샘플링과 시퀀싱(작곡을 가능하게 해주는 컴퓨터 프로그램)은 창작자를 망치지 않았다는 의견이다. 그는 샘플링과 시퀀싱(작곡을 가능하게 해주는 컴퓨터 프로그램)이 창작자를 망친 게 아니라는 의견을 개진했다. 도리어 샘플링과 시퀀싱이 순수 창작과 리얼 세션이 해낼 수 없는 영역으로 음악을 확장했고, 이를 통해 과거와는 다른 정체성의 음악을 창작할 수 있게 해줬다는 것이다.

좀 더 깊게 들어가 보자. 이컨에는 철학자

미셸 푸코Michel Foucault의 언어를 추수한다. 푸코에 따르면 모든 텍스트와 이를 둘러싼 담론에는 '누락'되어 있는 영역이 필연적으로 존재한다. 요약하면, 그 자체로 자급자족인 완전한 텍스트 혹은 담론은 없다. 따라서 우리는 불가피하게 텍스트라는 뿌리로 회귀해야만 한다. 그리하여 건설적인 누락을 실천해야 한다. 즉, 누락으로 인한 텍스트로의 회귀는 텍스트를 고정하고 텍스트를 완전무결한 고전으로 승격하려는 역사적 보충 같은 게 아니다. 오히려 그것은 텍스트를 둘러싼 담론을 끊임없이, 거듭하여 피어오르게 하는 행위다.

이렇게 정리할 수 있다. 음악의 진본성, 원본성, 완전성에 매몰되어 있는 한 우리는 순수 창작으로는 해낼 수 없는, 어쩌면 샘플링과 시퀀서를 통해 더욱 풍요로워질 음악과 그 음악을 둘러싼 담론의 장을 일궈낼 가능성의 싹을 틔워보지도 못할 거라는 점이다. 한데 우리는 이미 샘플링과 시퀀서가 달성한 음악적 성취를 수도 없이 경험했다. 다음 리스트가 그 증거다.

[골든힛트](1996)
노땐스

혹시 알고 있었나. 이 음반에 '리얼 악기 연주'라고는
약간의 기타, 색소폰 외에는 들어 있지 않다.
즉, 대부분이 컴퓨터 프로그래밍으로 완성한 사운드다.
인터뷰에 따르면 신해철과 윤상 두 사람이 수많은
전자 음악 기기와 함께 골방에 틀어박혀서 음반을
완성했다고 한다. 크레디트를 보면 둘이 쓴 기기 목록이
적혀 있다. 워커힐 호텔 직원에게 "방을 지저분하게
써서 미안하다."는 사과의 말과 함께.

지금은 상황이 많이 달라졌지만 이 앨범이 발표될 당시
전자 음악이라고 하면 "진짜가 아니다."라는 인식이
팽배했다. 노땐스는 그 잘못된 고정관념에 도전하기
위해 결성한 프로젝트였다. 이외에 신해철의 2집
[Myself](1991)와 이후 솔로로 공개한 일렉트로닉
음반들, 그리고 윤상의 음악 중 상당수가 컴퓨터
프로그래밍으로 창작된 결과물이라는 점 역시
덧붙인다. 두 뮤지션이 한국 대중음악의 역사에서
혁신적인 존재로 꼽히는 이유가 여기에 있다. 필연으로
다가올 디지털 시대를 예고한 선지자였던 셈이다.

'Crazy In Love'
Beyoncé (Feat. Jay-Z)

이 곡이 샘플링을 기반으로 작곡되었다는 사실을
모르는 팬이 아직도 많다. 샤이라이츠The Chi-Lites의
'Are You My Woman(Tell Me So)'을 샘플링해서 만든
결과물이 바로 이 곡이다.

물론 샤이라이츠 음악도 좋은 곡이다. 그러나 여러분도
동의할 수밖에 없을 것이다. 역사는 비욘세의 'Crazy In
Love'를 더 자주 소환할 게 분명하다. 처음 이 곡이
공개되었을 때를 기억한다. 파워 넘치는 브라스 연주가
터져 나오자마자 "이건 무조건 히트한다."고 모두가
확신했다. 결과는 예상대로였다. 이후에도 비욘세는
여러 명곡과 명반을 남겼지만 공연장에서 가장 거대한
환호를 이끌어내는 순간은 여전히 이 곡의 인트로가
울려 퍼질 때다. 곡의 음악적인 핵심은 1970년대
펑크Funk/솔 바이브의 현대적 재해석이라고 말할 수
있다. 비욘세와 제이지가 샤이라이츠 곡을
샘플링한 이유다.

'One More Time'
Daft Punk

최강 일렉트로닉 듀오였던 다프트 펑크의 대표곡이다.
예전에 윤상과 다프트 펑크에 대해 얘기한 적이 있었다.
그의 묘사를 적는다. "스타디움 전체 관객을 들었다
놨다 하는데 경이로웠다."

이 곡은 샘플링 브레이크다운Sampling
Breakdown이라는 기법으로 유명하다. 샘플링
브레이크다운은 곡의 일부를 '그대로' 샘플링하는 게
아니라 변용하는 방식을 뜻한다. 곡의 높낮이를
조절하고 위치를 뒤바꿔서 거의 흔적조차 남지 않게
재창조하는 것이다. 유튜브에 'Daft Funk Sampling
Breakdown'이라고 치면 관련 영상을 볼 수 있다.

다프트 펑크의 또 다른 히트곡으로는 'Harder, Better,
Faster, Stronger'를 꼽을 수 있다. 이 곡은 에드윈
버드송Edwin Birdsong의 'Cola Bottle Baby'를 샘플링한
것이다. 나중 카네이 웨스트Kanye West(훗날 '예Ye'로
개명)는 'Cola Bottle Baby'를 샘플링한 'Harder, Better,
Faster, Stronger'를 샘플링한 곡 'Stronger'로
큰 성공을 거뒀다.

공간 속 아티스트

방, 확장된 의미로 정의하면 공간이다. 이렇게 생각한다. 사람이 공간을 만들지만 공간이 결국 사람을 만드는 거라고. 예술가뿐만 아니라 우리 같은 보통 사람에게도 공간은 중요하다. 어떤 곳곳에 기거하느냐에 따라 그 사람의 성정이 달라질 수 있기 때문이다.

지금으로부터 18년 전. 장소는 서울 어딘가. 식구는 아버지와 나, 단둘이었다. 지하 1층에 다섯 평 정도 됐을 거다. 그곳은 늘 습기가 가득했고, 볕이 들지 않았다. 아침에 일어나면 이불과 베개 밑이 덜 말린 듯 축축했다. 나는 영화 〈기생충〉(2019)이 진정한 걸작이라고 확신한다. 다만, 그걸 '보아내는' 과정은 쉽지 않았다. 영화가 흘러가는 동안 과거의 기억이 끊임없이 소환되어 망령처럼 나를 사로잡았던 까닭이다. 내가 '보다'가 아닌 '보아내다'라는 동사를 쓴 이유가 여기에 있다. 과연, 영화 〈매그놀리아〉(1999)의 대사처럼 "우리는 과거를 잊었지만 과거는 우리를 잊지 않는" 것이리라.

이 시절의 나는 습하고, 어두운 인간이었다. 집에 들어가기 싫어 아르바이트하던 음악 카페나 친구 집에서 자는 날이 잦았다. 어느 날 집에 누웠는데 잠이 오지 않아 워크맨을 챙겨 밖으로 나갔다. 윤상의 '이사(移徙)'가 듣고 싶었다. 플레이 버튼을 누른 뒤 이어폰을 귀에 꽂고 동네를 산책하면서 내가 살고 싶은 집을 상상해 봤다. 가사에서처럼 "한낮의 햇빛이 커튼 없는 창가에 눈부신" 집이었다. 이후 좋은 기회가 왔고, 주변의 도움으로 조금씩 내 보금자리를 바꿀 수 있었다. 운이 좋았고, 그 운이 왔을 때 다행히 나는 준비가 좀 되어 있었던 모양이다. 습기와 어둠이 서서히 물러가고, 조금씩 내 삶에 미소가 번졌다. 과거의 나와 당시의 나는 분명하게 다른 사람이었다. 이것이 바로 공간의 영향이다.

　　예술가의 방도 마찬가지다. 예술가에게 공간은 무엇보다 영감의 원천이 서식하는 수원지다. 그가 어떤 곳에 뿌리를 두고 있느냐에 따라 창조한 결과물의 결이 달라지고, 속살이 바뀐다. 기왕 윤상을 언급한 김에 예로 들어볼까. 그는 자신을 "리코딩 아티스트"로 정의한다. 따라서 우리는 그가 리코딩한 소리의 근원으로 되돌아가야 한다. 즉, 윤상은 '스튜디오'가 자기 음악의 산파라고 강조한 것이다. 모든 작가와 예술가에게는 근원적인 공간이 있다. 그 공간을 마치 내 몸처럼 장악하고 부릴 수 있을 때 그 누군가는 작가, 예술가가 된다. 이를테면 공간의 신체화, 신체적인 공간이 되는 셈이다. 여기, 스튜디오라는 공간에서 음악가가 마법을 부려 탄생한 곡들을 살펴본다.

'날 위로하려거든'
윤상

과장이 아니다. 수많은 후배 뮤지션이 그의 위대함을
앞다투어 증언한다. 유희열의 표현에 따르면 그는
"뮤지션들의 뮤지션"이고, 이적의 찬사를 빌리자면
"한 땀 한 땀 소리를 정성 들여 세공하는 장인"이다.
그렇다. 소리다. '좋은 소리'에 대한 그의 집착은 상상을
초월한다. 무엇보다 윤상의 음악을 감상하는 행위는
듣기를 넘어 체험하기에 가깝다. 다르게 표현하면 영화
같은 음악이다. 2D와 3D는 영화에만 있는 게 아니다.
음악에도 있다. 그렇다면 윤상은 가히 3D를 넘어
음악으로 실재 같은 가상현실을 구현하는 뮤지션이다.
이 곡 '날 위로하려거든'이 증명한다.

사운드의 입체감이 기가 막힌다. 소리가 360도로
회전하는 와중에 별처럼 사방팔방에서 쏟아진다.
그러고는 자연스럽게 어우러지면서 듣는 이를
황홀경으로 인도한다. 여기는 이를테면 '윤상 존'이다.
윤상이 창조한 작은 우주다. 3분 이후 서서히 몰아치는
빌드업 구간은 다시 들어도 찬탄을 부른다. 나는 오늘도
경이의 눈길로 그의 음악이 탄생한 공간을 바라본다.
음악의 천상계가 있다면 저런 곳이겠지.

'Paranoid Android'
Radiohead

국내든 해외든 대중음악 최후 전성기는 1990년대였다. 수많은 걸작이 발표되었고, 이 걸작들이 거의 대부분 엄청나게 팔린 마지막 호시절이란 의미다. 그 걸작의 목록 중 라디오헤드의 3집 [OK Computer](1997)를 최정상에 올려놓는 건, 이제 상식 비슷한 게 되어버렸다. 이 앨범의 진가를 알기 위해선 멀리 갈 필요도 없다. 라디오헤드판 'Bohemian Rhapsody'라 할 'Paranoid Android'만 들어봐도 충분할 테니까.

이 곡은 매혹의 다면체다. 라디오헤드는 이 곡에서 여러 장르를 섬세하게 탐사한 뒤 이걸 꽉 붙들고는 중심에 위치한 블랙홀을 향해 던져버렸다. 그 결과, 카오스 속에 질서가 있고, 질서가 잡혀 있는 와중에 무경계로 뻗어나가는 기이한 곡 하나가 스튜디오에서 탄생했다. 더 놀라운 것은 곡이 추수한 상업적 성과였다. 한 번의 청취로는 파악하기 어려운, 도무지 대중적이라고 볼 수가 없는 이 곡에 전 세계가 열광을 보냈다. 뭐랄까. 강렬한 이미지로 구성된 단편 예술 영화 한 편을 보는 것 같은 음악이었다. 듣기에 쉽지 않았다. 그러나 바로 그런 이유로 음악 마니아들은 이 곡을 맹렬한 기세로

탐구하려고 했다. 씹고, 뜯고, 맛보고, 즐기려고 했다.
'Paranoid Android'와 [OK Computer]에 바쳐진 찬사
중에는 이런 것도 있다.

"전 가끔 라디오헤드는 큰 칼을 들고 길을 만들어줬고,
우리는 그 길에서 상점을 하고 있다는 생각이 들어요.
제가 만약 [OK Computer] 같은 앨범을 만들 수 있다면,
제 몸의 중요한 일부까지 내어줄 수 있어요."
콜드플레이Coldplay의 보컬리스트 크리스 마틴Chris
Martin의 고백이다.

[Dark Side of the Moon](1973)
Pink Floyd

1973년에 발매되어 빌보드 앨범 차트에 1988년까지 741주 동안 머물렀던 작품이다. 단언할 수 있다. 이런 엄청난 상업적 성취를 이룰 수 있던 요인의 8할 이상은 음반이 품고 있는 혁신적인 사운드였다.

[Dark Side of the Moon]은 하이파이 오디오의 한계를 시험하려는 듯 스테레오에 기반을 둔 서라운드 사운드로 듣는 이들에게 장관을 선사하면서 좌에서 우로, 깊고 멀리 날아다녔다. 충격을 준 이유는 이뿐만이 아니다. 음반이 담아낸 소리 중 일부는 금전 등록기, 비행기 충돌, 똑딱거리는 시계 소리 등으로 이뤄져 있다. 이런 효과는 당시 기술로는 녹음하기 어려웠다. 핑크 플로이드는 기어코 이를 해내 이전까지 존재하지 않던 소리의 새로운 차원을 개방했다. 스튜디오라는 공간에서 마법을 부린 셈이다. 2026년이다. 대략 53년쯤 되었다. 다시 [Dark Side of the Moon]을 꼼꼼하게 감상해 본다. 지금 들어도 새롭고, 언제 들어도 감동적이다. 세상은 이를 클래식이라 부른다.

빈티지

오래된 미래의 음악

모두가 힙Hip으로 대동단결하고, 모든 게 '터보-부스팅' 속도로 빨리 진행되어 역사로 남을 겨를조차 없는 세상, 빈티지 음악을 추그하는 뮤지션은 조금 다른 꿈을 꾼다. 그들은 지금도 샘플링이나 컴퓨터 작업보다는 실제 연주, 소위 '리얼 연주'에 집중한다. 빈티지 뮤지션이 존재하는 한 신체의 연장으로 악기의 유효성은 사라지지 않는다. 음악의 다양성이라는 측면에서 그들이 환영할 만한 존재로 남을 수 있는 바탕이기도 하다. 같은 이유로, 이 글에서는 다프트 펑크Daft Punk 정도를 제외하면 대중적으로 좀 덜 알려진 음악을 일부러 골랐음을 먼저 밝힌다.

빈티지는 원래 ‘와인 수확기’라는 뜻의 용어였다. 이후 ‘최고의 품질을 지닌 특정 연도’로 개념이 바뀌었고, ‘고전적인’, ‘전통 있는’, ‘유서 깊은’ 등으로 와인 업계를 넘어 의미가 확장되었다. 결국 빈티지는 ‘현대’와 연계되어 더 큰 뜻을 품었다. ‘오래된 것들을 재구성해 자신을 차별화한 그 무엇’을 빈티지라 칭하기 시작한 것이다. ‘오래된 미래’라는 표현이 나온 것도 이런 이유 때문이다. 내 기억에 이 표현은 장기하와 얼굴들의 음악을 수식할 때 처음 사용되었다. 즉, 과거 음악을 현재로 끌어당긴 뒤 미래의 지도까지 그려내는 것이다. 빈티지에는 또한 ‘최고의’라는 뜻도 있다. 따라서 훌륭한 빈티지 음악은 곧 탁월한 시제 이동이나 마찬가지다. 과거는 기본이요, 현재와 미래가 모두 포함되어 있기 때문이다. 어쩌면 클래식과도 조금은 비슷하다. 오랜 역사를 지닌 동시에 높은 가치를 인정받는다는 측면에서 그렇다. 그러나 빈티지 음악의 중심은 어디까지나 ‘당대’임을 잊지 말아야 한다. 즉, 빈티지 음악에는 그것이 최신이라는 뉘앙스가 어떤 방식으로든 묻어나야 한다. 이를테면 클래식의 현대화다.

해외 가수로 한번 따져볼까. 에이미 와인하우스Amy Winehouse가 적절한 케이스다. 에이미 와인하우스의 대표곡 'You Know I'm No Good'이나 'Rehab'을 들어보라. 그의 음악적인 뿌리는 명백하게 1960-70년대 솔이다. 그런데 묘하게 현대적이라는 느낌을 준다. 저 유명한 잔나비도 마찬가지다. 잔나비의 음악은 영락없이 과거의 영화에 기댄 빈티지 팝이다. 그럼에도, 고루하다는 인상은 들지 않는다. 그들을 스타로 견인한 '뜨거운 여름 밤은 가고 남은 건 볼품없지만'이 증명한다. 보편적인 감수성에 호소하면서도 낡지 않았다. 뭐랄까. 그들의 음악은 마치 보기 좋게 빛이 바래 지금도 언제든 꺼내 입을 수 있는 옷을 보는 것 같다.

'Don't Wanna Fight'
Alabama Shakes

이 곡은 유튜브에서 라이브로 봐야 마땅하다. 속된 말로 '찐'이기 때문이다. 그중에서도 'Capital Studio A'에서 촬영한 라이브 영상을 강추한다.♦ 이 영상을 최소 50번은 감상했다. 거의 완벽한 라이브다.

앨라배마 셰이크스는 빈티지 록의 정수로 불리는 밴드다. 사이키델릭, 컨트리, 솔, 블루스 같은 과거의 장르가 현존하는 그들의 음악 속에서 하나가 된다. 펑크Funk적이기도 하고, 서던 록의 기운을 품고 있기도 하다. 서던 록은 블루스, 컨트리 등의 장르를 기반으로 미국 남부에서 탄생한 록이다.

지금까지 언급한 장르 중 어떤 장르는 흑인적이고, 어떤 장르는 백인적이다. 즉, 그들의 음악 안에서 장르 구분 따위 무소용이다. 그들은 전방위로 장르를 품고, 전천후의 능력으로 그것을 연주한다. 아니, 뿜어낸다. 탄력 넘치는 리프, 강렬하면서도 출렁이는 리듬을 제대로 탈 줄 아는 보컬, 이 모두를 뒷받침하는 탄탄한 리듬 섹션 등 흠잡을 구석이라고는 조금도 없는 라이브다.

'Get Lucky'
Daft Punk (Feat. Pharrell Williams)

'Get Lucky'가 몰고 온 열풍을 기억하고 있나. 이 곡의 보컬은 'Happy'로 유명한 퍼렐 윌리엄스지만 핵심은 어디까지나 쫄깃함이 극대화된 기타에 있다. 바로 나일 로저스Nile Rodgers의 연주다. 나일 로저스가 누구인지 궁금할 것이다. 그는 1970년대 중반부터 시크Chic라는 밴드의 멤버로 활동하면서 수많은 솔/디스코 명작을 남긴 거장이다. 그중에서도 빌보드 싱글 차트 1위에 오른 'Le Freak'과 'Good Times'는 솔/디스코의 클래식으로 아직까지 사랑받고 있다. 한번 찾아서 들어보라. 속으로 '아, 이 곡!'이라고 외치는 자신을 발견하게 될 테니까.

다프트 펑크는 이 곡과 곡이 실린 앨범 [Random Access Memories](2013)를 통해 '리얼 연주'가 주는 기쁨을 구현하고 싶었다고 한다. 이런 목표 아래 완성된 'Get Lucky'는 그야말로 흥으로 넘실거린다. 젊은 팬은 세련된 연주에 환호를 보냈고, 연륜 있는 팬은 친숙한 디스코 리듬에 고개를 끄덕이며 이 곡을 즐겨 찾았다. 진정한 의미에서 빈티지를 이룩한 셈이다.

'Weight of Love'
The Black Keys

블랙 키스가 품고 있는 빈티지는 저 먼 과거의 블루스다. 여기에 그들은 다채로운 요소를 도입해 현대적인 감각을 잃지 않고, 리듬을 갖고 놀면서 듣는 이를 마구 흔들어놓는다. 그러니까, 블루스에 영향받은 하드 록이 블랙 키스의 '엔진'이라면, 유려한 리듬과 그루브는 '스티어링 휠'이 되는 셈이다. 이를 통해 곡 후반부에 분출하는 고출력의 마력과 파워는 블루스/로큰롤 스펙터클이 무엇인지를 제대로 시범한다.

어떤 방식이건 전통을 되살리는 일은 결국 끊임없이 새로움을 더하는 일일 것이다. 적어도 2014년 한 해 동안, 진정한 의미에서의 빈티지가 무엇인지 이 곡보다 잘 보여준 사례는 없었다. 내가 왜 이 앨범을 듣자마자 LP로 샀는지 단박에 이해할 수 있을 것이다. 빈티지는 역시 LP로 들어야 제맛이다.

'Blues Hand Me Down'
Vintage Trouble

"제임스 브라운James Brown이 리드하는 레드 제플린Led Zeppelin 같은 음악." 이거 참 끝내주는 표현이다. 미국의 음악전문지 《롤링스톤》의 평대로, 이름부터가 빈티지 트러블인 이들의 음악은 1960년대 솔과 1970년대 하드 록을 아우르면서 듣는 이에게 강렬한 인장을 남긴다. 그들의 빈티지에 트러블이라곤 없다. 말 장난이 아니다. 빈티지 트러블은 완벽에 가까운 연주력으로 듣는 이를 단번에 설득할 줄 아는 밴드다.

그중 이 곡은 반드시 미국 토크쇼 〈레이트 쇼 위드 데이비드 레터맨〉 라이브로 봐야 한다. 강력한 솔을 탑재한 보컬이 난리법석을 피우면서 무대를 휘젓는 와중에 나머지 멤버는 블루스의 기운이 녹아 있는 견실한 연주로 그 뒤를 받친다. 오죽 라이브가 환상적이었으면 진행자 데이비드 레터맨이 마지막에 가서 "끝내주네요. 연주 더 할래요?"라고 묻겠는가. 2017년 빈티지 트러블이 〈배철수의 음악캠프〉에 출연해서 라이브를 들려줬다. 과연, 영상은 실제를 담기에 턱없이 부족했다. "지금 누구냐"는 청취자 질문이 쏟아졌던 게 지금도 기억난다.

패션

패션을 리스펙트하라

'옷'에 관해서라면, 사과부터 먼저 한다. 솔직히 별로 말할 게 없다. 나는 속칭 패션 무식자다. 패션의 종류, 패션의 역사, 패션의 위대함에 대해 귀동냥으로 들은 게 거의 전부다. 어쨌든 변호를 해보자면 이렇다. 나는 음악, 영화, 게임, 만화 등에 대해서라면 조금은 재미있게 '썰'을 풀 자신 있다. 그러나 이 정도가 딱 한계다. 언제나 잊지 않으려고 한다. 자신의 한계가 어디까지인지를 잘 알아야 한다. 나는 괜히 아는 척하다가 나락행 급행열차 타고 싶지 않다.

그럼에도, 내가 패션 관련해 쓸 수 있는 소재가 딱 하나 있다. 영화 〈악마는 프라다를 입는다〉(2006)다. 적시하면 나 역시 앤 해서웨이Anne Hathaway가 연기한 영화 속 주인공 앤디와 비슷했다. 앤디는 사실상 패션에는 별 관심이 없다. 그냥 1년 정도만 스펙을 쌓기 위해 버티기로 한 상태다. 앤디의 꿈은 저널리스트다. 아무리 저 유명한 《RUNWAY》(《VOGUE》를 모티프로 만든 가상의 잡지)라지만 패션지에서 일하는 것 따위, 미래를 위한 디딤돌 그 이상도 그 이하도 아니라고 여긴다. 이런 이유로 은근슬쩍 패션을 무시하는 경향도 있다. 시대를 고민하는 유능한 저널리스트가 되길 원하는 그녀에게 패션이란 그저 겉치레에 불과할 뿐이다.

내가 가장 좋아하는 영화 속 대사는 다음과 같다. 여기에서 미란다는 《RUNWAY》의 깐깐하기로 유명한 편집장인데 대배우 메릴 스트립Meryl Streep이 연기했다. 좀 길다.

미란다: 뭐가 웃긴 거지?
앤디: 아니…. 그러니까… 제 눈에는 지금 고르고 있는 그 벨트가 전부 똑같은 파란색으로 보

이거든요. 뭐… 저는 지금 이런 '것'을 배우는 중이 니까요.

　　미란다: 이런 '것'이라고? 오. 그래. 알겠네. 너는 지금 이 상황과 자기가 전혀 연관이 없다고 생각하고 있는 거지? 그러니까 예를 들면 넌 사 람들에게 "뭐, 난 몸에 뭘 걸치는 것엔 별 관심 없 어." 같은 태도를 보이고 싶어서 옷장을 연 뒤에 그 퉁퉁하고 촌스러운 '파란' 스웨터를 골라 입었 을 거야. 그런데 네가 전혀 모르고 있는 게 하나 있 어. 그건 그냥 '파란색' 스웨터가 다니라는 거야. 그 건 옥색도 아니고 제비꽃색도 아니고, 세룰리안블 루거든. 물론 넌 당연히 모르고 있겠지만 말이야. 2002년에 오스카 드 라 렌타가 서룰리안블루로만 이뤄진 컬렉션을 발표했지. 그 이후에 이브 생로랑 도 세룰리안블루 밀리터리 재킷을 선보였고. 다음 시즌엔 여덟 명의 다른 디자이너들이 세룰리안블 루를 들고 나왔어. 당연히 백화점엔 세룰리안블루 컬러가 깔리게 됐고. 결국 마지막에는 끔찍한 캐주 얼 코너까지 흘러 들어가게 된 거야. 넌 볼 것도 없 이 캐주얼 코너의 재고 정리 세일 때 그 옷을 건졌

을 거야. 그러니까, 네가 선택한 그 파란색은 수백만 달러의 자본과 수많은 패션업계 사람들이 만들어낸 노력의 결과물인데… 우습지 않니? 결국 이 방에 있는 사람들의 노력으로 네가 그 스웨터를 고른 건데 지금 네 선택이 패션업계와 아무 상관없다고 생각하고 있다는 게.

으아. 망치로 머리를 얻어맞은 것 같았다. 각 잡고 나 자신을 반성했다. 우리는 습관처럼 존중을 내뱉는다. 거의 파블로프의 개라도 되는 것처럼 존중이라는 단어를 남발한다. 영화를 보면서 저 대화를 처음 접했을 때 나는 존중이라는 단어에 대해 다시 숙고했다. 그래서 내린 결론은 이렇다. 기실 우리가 향유하는 모든 문화는 다 연결되어 있다. 음악도, 영화도, 패션도, 게임도, 사진도, 미술도, 스포츠도 다 마찬가지다. 속살을 들춰보면 이 문화들은 조금씩 서로의 영역에 걸쳐 있다. 우리가 상대의 영역을 존중해야 하는 가장 큰 이유다. 문화에서 교집합이 없는 집합은 존재하지 않는다.

여전히 나는 패션에 별 관심 없다. 그냥 "엉망진창만 아니면 괜찮아." 정도의 태도를 고수한다. 헤어숍에 가서도 '커트' 이상을 해본 적이 없다. 머리카락에 뭘 바르지도 않는다. 그러나 패션에 해박한 사람들을 동경하는 마음도 없지 않다. "어떻게 저걸 다 알지?" 싶을 때가 한두 번이 아니다.

어떤 분야든 그 분야에 정통한 사람들이 반드시 엄존한다. 적어도 내 경험상 '정확하게 정통한' 사람들은 도리어 다른 분야를 깎아내리지 않는다. 섣부르게 심판하지 않는다. 끝내 존중을 지킨다. 항상 명심하려 한다. 에덴으로 가는 사다리는 오직 한 개만 있는 게 아니다.

‘Vogue’
Madonna

영화 정보를 보자마자 이 곡 안 썼으면 반칙이라고
생각했다. 과연, 주인공 앤디가 자신감 넘치는 걸음으로
뉴욕의 거리를 활보할 때 이 곡이 근사하게
흘러나온다. 〈악마는 프라다를 입는다〉를 상징하는
멋진 장면 중 하나다.

원래 이 곡은 마돈나가 ‘보깅’ 댄스에 영향을 받아
발표한 음악이다. 그래서 제목이 ‘보그’다. 보깅은 당시
뉴욕 할렘의 성소수자 커뮤니티에서 폭발적인 인기를
끌었는데 메인스트림 음악 신에서는 아는 사람이 많지
않았다. 과연, 마돈나는 위대한 선구자다. 이 춤의
가능성을 간파한 그는 재빨리 보깅을 배워 자신의
음악에 써먹었다. 결과는 우리가 아는 그대로다. 곡은
크게 히트했고, 마돈나 덕분에 보깅은 세계적인
인지도를 획득했다. 따라서 뮤직비디오 감상은 필수다.
보깅이 대체 뭔지 직접 봐야 하지 않겠나.

'Sirius'
The Alan Parsons Project

패션에 관심 있던 적이 아주 잠깐 있었다. 중학생 시절
NBA가 엄청난 인기를 끌면서 에어 조던 열풍이 처음
불던 때였다. 정말이지 그때는 에어 조던 농구화가 꼭
있어야 했다. 물음표가 트레이드마크인 게스 청바지도
필수였다. 게스 청바지는 엄마가 미8군에 들어온
직수입 물건을 구해줬다. 확실히 미제는 달랐다. 기장이
너무 길어서 수선을 해야 했다. 에어 조던 농구화는
엄청 비쌌다. 그럼에도, 조르고 졸라서 한 켤레를 겨우
손에 넣었다. 생일 선물이었을 것이다. 이 농구화를
보물처럼 품에 안고 NBA를 시청하던 기억이 떠오른다.
정확하게는 마이클 조던Michael Jordan의 소속팀
시카고 불스Chicago Bulls를 보기 위함이었다.

이 곡 역시 이때쯤 알았다. 시카고 불스의 선수 입장
음악이었기 때문이다. 몇 년 전 시카고 불스의
홈 경기장 유나이티드 센터에 가서 이 곡을 직접
들었다. 물론 발에는 에어 조던을 착용한 상태였다.
내 인생의 버킷 리스트 하나를 달성한 이 순간을
죽을 때까지 잊지 않을 것이다.

'Money for Nothing'
Dire Straits

이 곡이 오프닝 음악으로 등장하는 영화 〈킹스맨: 시크릿 에이전트〉(2014) 본 사람, 한국에 특히 많다. 유독 우리나라에서 큰 인기를 끌었던 이 시리즈는 속칭 '수트빨'로도 화제를 모았다. 나 역시 수트에 대한 로망 정도는 있다. 언젠가 근사한 수트 하나 장만하고 싶은데 문제는 역시 나의 하찮은 몸매다. '패완얼(패션의 완성은 얼굴)'도 따져야 하지만 '패완몸(패션의 완성은 몸)'도 그에 못지않게 중요하지 않나. 아는 사람은 다 알겠지만 〈킹스맨〉에서 주인공들이 입는 수트는 '새빌 로Savile Row'산이다. 일명 수트의 성지라고 불리는 영국 런던의 거리다. 한데 이걸 어쩌나. 처음 새빌 로라는 단어를 들었을 때 나는 이게 브랜드 이름인가 싶었다. 이거 봐라. 내가 이렇게 패션 무식자다. 참고로 록의 역사를 통틀어 최고의 패셔니스트로 꼽히는 뮤지션이 한 명 있다. 롤링 스톤스The Rolling Stones의 드러머였던 故 찰리 와츠Charlie Watts다. 평생 새빌 로에서 만든 수트만 고집했다고 한다.

사인을 남긴 사람들

처음 집착한 문구는 당연히 연필이었다. 아니다. 정확하게 말할 필요가 있다. 연필브다는 연필 깎는 행위가 좋았다. '스윽스윽' 하는 그 소리를 애정했다. 뭐랄까, 자연에 밀착되는 일상 속 흔치 않은 순간처럼 느껴졌다. 나는 목수의 심정으로 연필을 깎고 또 깎았다. 아직 깎을 필요가 없는 연필도 내 손에 붙들리면 국물도 없었다. 더 뾰족해졌고, 날카로워졌다. 연필심이 가늘어질수록 만족감은 상승했다. 나무를 깎은 부위는 길면 길수록 맵시가 살고, 멋져 보였다.

연필 깎기 무시하면 안 된다. 데이비드 리스David Rees라는 작가는 심지어 《연필 깎기의 정석》이라는 책도 냈는데 이게 베스트셀러가 됐다. 이 책, 제목 그대로다. 연필 깎기의 장인임을 자부하는 저자가 연필을 어떻게 깎아야 하는지를 알려준다. 기발하고 엉뚱하면서도 대체 이게 무슨 의미가 있는 건가 싶은데 굉장히 매력적인 책이다. 그는 2000년대 경기 불황 속에서도 연필 한 번 깎아주는 데 12달러 50센트를 받고, 이 책이 출간된 2013년에는 35달러를 받았다고 한다. 꽤나 쏠쏠한 부업임이 분명하다. 그에게 내 연필 한번 맡겨보고 싶은데 배송료가 더 나와서 실천하지 못하고 있다. 나는 오늘도 한국의 데이비드 리스를 꿈꾸며 연필을 깎고, 또 깎는다.

그렇다면 지우개는 어떤가. 지우개는 무엇보다 그립감이 생명이다. 그립감이 좋지 못하면 제대로 지워지지가 않는 까닭이다. 과연, 아이폰이 탄생하기 전부터 우리는 그립감의 노예였다. 더 좋은 지우개를 찾기 위해 사방팔방 헤매고 다녔다. 때로는 지우개 씨름으로 멋진 지우개를 '득템'이라도 하면 그걸 아끼고 아껴서 사용했다. 지우개가 제 몸을 희생해 연필로 쓴 걸 지워 나갈수록 그립감은 자연스럽게 하강하기 때문이다. 따라서 잘 지워야 한다. 한쪽만 사용해 지우는 건 절대 금물이다. 작아지는 와중에도 기본 모양이 훼손되지 않도록 신경을 많이 써야 한다.

이렇듯 잘 깎은 연필에는 서로 잘 어울리는 지우개가 짝이 되어야 한다. 연필과 지우개의 정석이다. 이 연필로 수많은 글의 얼개를 썼다. '똥글'도 있었고, 나쁘지 않은 글도 있었으며, 내가 생각해도 이건 좀 잘 썼다 싶은 경우도 없지는 않았다. 나는 아주 기괴한 강박을 가진 사람이다. 먼저 연필로 대강의 핵심 문장을 써놓지 않으면 이후 컴퓨터로 글을 쓸 수가 없다. 이런 측면에서 나는 전형적인 '김훈 키드'다. 김훈 선생의 표현대로 '연필로 쓰면서 내 몸이 글을 밀고 나가는 느낌이 들지 않으면' 글이 진행되질 않는다. 김훈 선생이 쓴 문장과 내 문장을 비교하는 건 하지 말기로 하자.

솔직히 가끔씩 요청받는 사인도 연필로 하고 싶은 마음이 굴뚝 같다. 한데 그럴 수는 없는 법이라서 사인할 때만큼은 네임펜을 사용한다. 사인 받는 사람에 대한 예의다. 기껏 받았는데 지워져

버리면 얼마나 허망하겠는가. 어쨌든 문구라는 측면에서 네임펜을 하대할 수는 없다. 네임펜은 지워지지 않는다는 특성 때문에 사랑받는 문구다.

나는 사인이 아주 심오한 행위라고 여기는 쪽이다. 비유하자면, 사인은 손끝을 통해 흘러나온 유전자다. 따라서 유명해질수록 사인의 가치는 폭등을 거듭한다. 그 사람의 유전자를 일부나마 내 것으로 만들고 싶다는 욕망의 소산일 것이다.

정작 나는 사인 욕심이 별로 없다. 비슷한 계열이라고 할 만한 사진 욕심도 없다. 수많은 팝스타를 만났지만 사인을 받거나 사진 찍은 경우는 다섯 번이 채 안 된다. 딱 한 번, 그가 창작한 모든 작품을 싹 들고 가서 사인을 받은 적이 있다. 위에 언급한 소설가 김훈이다. 나는 그의 책을 절판된 것까지 다 갖고 있다. 공자님 말씀에 따르면, 책 읽기 전의 나와 책 읽고 난 후의 내가 같다면 책을 읽을 필요가 없다고 한다. 그렇다면 그의 책 《자전거 여행》은 내 인생 책이다. 그래 맞다. 마치 자전거를 밀고 나가는 것처럼 연필로 몸을 밀고 나가듯 썼다는 그 책이다.

[Sgt. Pepper's Lonely Hearts Club Band]
(1967)
The Beatles

사인 하면 역시 비틀스다. 가히 사인계의 미다스의 손, 멤버들 중 한 명의 사인이라도 있으면 그 가치는 1억을 훌쩍 뛰어넘는다. 만약 최고 명반이라 할 [Sgt. Pepper's Lonely Hearts Club Band]에 멤버 네 명의 사인이 모두 담겨 있으면 어떻게 될까. 정답은 29만 500달러. 한화로 4억 원이 넘는다. 이 음반 낙찰에 성공한 주인공은 신원이 확인되지 않은 중동 사람이라고 한다. 왜 이런 뉴스의 주인공은 언제나 신원이 확인되지 않은 중동 사람(이라고 쓰고 아마도 석유 재벌)인지 궁금하다.

이 음반은 대중음악의 알파요, 오메가라고 불린다. 당대 대중음악의 조류를 모조리 품었다는 측면에서 그렇다. 또, 음악계의 미래를 가히 예견한 작품이라는 점에서 탁월한 나침반 역할도 해줬다. 모든 수록곡이 대단하지만 다음 세 곡, 'She's Leaving Home', 'When I'm Sixty Four', 'A Day In The Life'를 꼽지 않을 수 없다. 일체의 과장 없이 대중음악의 수준을 몇 단계는 끌어올린 걸작이다.

[Thriller](1982)
Michael Jackson

친형제들이 결성한 그룹 잭슨 파이브The Jackson 5는
데뷔 이후 발표한 네 곡을 연속으로 빌보드 싱글 차트
정상에 올려놓았다. 'I Want You Back', 'ABC', 'The
Love You Save' 그리고 'I'll Be There'까지. 이 중 'I Want
You Back'은 영화 〈가디언즈 오브 갤럭시〉(2014)에
삽입되어 다시 큰 사랑을 받았고, 'I'll Be There'는
머라이어 케리Mariah Carey의 커버 버전으로
1990년대에 많은 인기를 모았다. 손대는 곡마다 히트를
기록하던, 미다스의 터치였던 셈이다.

그들이 '금손'이었음은 사인을 통해서도 증명됐다.
소속사인 모타운 레이블과 잭슨 파이브가 체결한
첫 계약서가 경매에서 (액수는 밝혀지지 않았지만)
고가에 팔린 것이다. 이후 팝의 왕이 된 마이클 잭슨은
[Thriller]라는 작품 하나만으로 천만 장 이상의 판매고를
올렸다. 혁신적인 영상 미학으로 대중음악의 판도를
바꾼 'Thriller' 뮤직비디오 계약서 경매가는
2만 5,000달러부터 시작되었다고 한다.

[The Fame](2008)
Lady Gaga

사인은 종이에만 하는 게 아니다. 변기에도 한다.
뭔 헛소리냐 싶을 테지만 주인공이 레이디 가가라면
얘기는 달라진다. 레이디 가가라면 변기에 사인을 해도
화제가 된다. 2010년 레이디 가가는 한 소변기에 "I'm
not f**king Duchamp but I love p**sing with you(내가
젠장할 킹 뒤샹은 아니지만 함께 쉬하고 싶다.)"라고 썼다.
뒤샹은 프랑스 미술가 마르셀 뒤샹Marcel Duchamp을
가리킨다. 무엇보다 그가 1917년 뉴욕 독립미술가전에
출시한 소변기 '샘Fountain'은 현대미술의 개념을
전복한 역사적 이벤트였다.

물론 레이디 가가가 사인을 남긴 이 변기는 실제 변기가
아니었다 (다행이다). 패션지 촬영을 위해 준비한 소품에
사인을 남긴 것으로, 가격은 46만 달러. 레이디 가가가
사인을 하면 변기도 황금으로 변하는 모양이다. 갑자기
내가 소장하고 있던 데뷔작 [The Fame]이 쥐도 새도
모르게 사라졌던 추억이 떠오른다. 훔쳐 간 사람,
잘 먹고 잘 살기 바란다. 경매는 어림 없지만
중고 장터에서는 값 좀 쳐줄 거다.

외출이라는 작은 여행

매일 집이다. 밖에서 사람을 거의 만나지 않는다. 한 달에 많아야 한 번, 진짜 많으면 두 번, 1년으로 치면 열다섯 번은 확실히 안 넘는다. 40대 이후 제일 잘했다 싶은 부분이다. 갈수록 밤에 다른 사람 만나는 시간이 좀 많이 아깝다. 오직 나 자신을 위해, 시간을 더 온전하게 소비하고 싶다.

짧고 덧없는 인생이다. 친구는 이미 충분하다. 새로운 관계를 만들어야 할 필요 역시 느끼지 못한다. 오늘도 나 자신을 위해 집에서 글을 쓰거나 번역을 한다. 책을 보거나 게임을 한다. 영화를 감상하거나 드라마를 정주행한다. 자랑 하나 하고 싶다. 저 유명한 〈왕좌의 게임〉 시리즈를 이제 막

시작했다. 시즌 2의 1화까지 봤다. 부럽다는 소리가 여기저기서 들린다. 하나 더 있다. 매일 이렇게 살 수는 없는 법이다. 그래서 숨통을 트이기 위해 나는 맥주 마시면서 책을 보거나 게임하는 걸 엄청나게 사랑한다. 여러분에게도 있을 것이다. 정말 사소한 행위인데 '이 순간을 위해 사는 거구나.' 싶은 때가 없지 않을 것이다.

시간은 정해져 있다. 빠르면 밤 8시, 늦어도 9시에는 집 밖을 나선다. 소요 시간도 언제나 비슷하다. 한 시간에서 많으면 한 시간 반이다. 내가 외출하는 이유를 곱씹어 본다. 걷기가 목적은 아니다. 차라리 '구경'이 목적이다. 좀 더 직설적으로 표현하면 훔쳐보기 욕망 때문이다. 오해하면 안 된다. 나쁜 의미가 아니다. 단지 작은 위로를 받고 싶어서다. 예를 들어 산책을 하다가 어떤 예쁜 커플이 식당의 투명한 창유리 너머로 보일 때 괜히 기분이 좋아진다. 손님의 머리카락을 최선을 다해 다듬고 있는 미용사를 슬쩍 지나치듯 보면 나도 모르게 미소가 지어진다. 산책길에는 교자 가게가 하나 있다. 그 교자 가게 안에서 대체 무슨 이유에서

인지는 몰라도 열과 성을 다해 대화하고 있는 사람 보는 걸 좋아한다. 그들 앞에 놓인 하이볼이 눈에 들어올 때 "확실히 맥주보다는 하이볼이 대세군. 나도 땡기는데."라고 생각하는 걸 좋아한다.

요컨대 "다들 나와 똑같구나. 최선의 태도로 열심히 살고 있구나." 싶을 때 얻을 수 있는 작은 위로다. 나는 이런 위로를 좋다하는 사람을 좋아한다. 글쎄. 모두가 그렇진 않겠지만 나이 먹으면서 자꾸 작은 것에 감동하는 나 자신을 발견한다. 나에게 외출은 바로 그 '작은 것'을 목격하기 위한 나만의 작은 여행이다. 과연 그렇다. 진실로 아름다운 것들은 거대한 이념 따위에 있지 않다. 그것은 언제나 사소하다. 부디 내 남은 삶이 사소한 것에 깃들어 있는 아름다움을 놓치지 않기를 바란다.

'작은 것들의 신'
넉살

최근 완전히 푹 빠진 유튜브 채널이 있다.
가수 카더가든의 '카더정원'이다. 나에게 카더가든은
탁월한 가창력과 작곡 능력을 지닌 싱어송라이터다.
세상에서 가장 웃긴 사람이기도 하다. 그가 출연한
예능 〈직장인들〉은 김원훈의 존재감이 너무 크다.
카더가든의 진가를 확인하려면 카더정원을 봐야 한다.
역시 유튜브가 최고다.
이 채널에 거의 주인장에 버금가는 손님이 몇 있다.
넉살이 그중 하나다. 넉살의 유머력 역시 만만치 않다.
그럼에도 잊어서는 안 된다. 그는 한국 힙합 역사상
가장 뛰어난 가사 전달력을 자랑하는 래퍼다.
그가 압도적인 성량으로 다음 가사를 내뱉는
순간의 쾌감은 정말이지 굉장하다.

"작은 배역들이 주연으로 살아가는 film 이 곳 /
god the god of small things"

산책할 때마다 이 구절이 자연스럽게 떠오른다.
스쳐 지나가는 사람 하나하나가 이상하게 예뻐 보인다.
음악의 힘이다.

'Phantasmagoria ir Two'
Tim Buckley

최근 일 때문에 읽기 시작한 책에 푹 빠졌다. 패티 스미스Patti Smith가 쓴 《저스트 키즈》다. 이 책을 보면서 정말 놀랐다. 어쩜 이리 주변의 사소한 것을 거의 정확하게 기억하는지 부러울 지경이다. 이 책은 뮤지션이자 시인인 패티 스미스와 혁신적인 사진가였던 로버트 메이플소프Robert Mapplethorpe의 관계에 대한 것이다. 둘이 함께 돈이 없던 시절에도 기어코 외출하는 풍경은 그중에서도 아름답다. 굳이 멀리까지 가지도 않는다. 집 부근의 해변에 간다든가 하는 식이다. 그렇다. 즉, 외출의 목적지가 문제인 게 아니다. 누구와 함께 하고 있느냐가 중요하다. 책에는 수많은 음악이 언급되어 있다. 이 음악을 하나하나 찾아 듣는 재미에 요즘 푹 빠졌다. 팀 버클리는 내 인생의 아티스트 제프 버클리Jeff Buckley의 아버지다.

'Sofa'
Lomba Sihir

인도네시아 밴드다. '롬바 시히르'라고 읽고, 뜻은 '마술 대회'라고 한다. 이 밴드에 대해 아는 바가 거의 없다. 인도네시아에서 널리 인정받는 몇몇 뮤지션이 결성한 일종의 '슈퍼 밴드'라는 점, 그래서 인도네시아에서는 수만 관객을 앞에 놓고 공연한다는 점 정도가 내가 파악한 전부다. 밴드라고 해서 부담 가질 필요는 없다. 내가 요즘 이 음악을 산책할 때 즐겨 듣는 이유가 다 있다. 롬바 시히르는 과격한 록 밴드와는 거리가 먼 음악을 지향한다. 세련된 비트를 기반으로 딱 요즘 시대에 맞는 음악을 추구하는 밴드다. 2025년 열린 '아시안 팝 페스티벌'에서도 단단한 라이브 실력으로 찬사를 받았다. 내가 가서 직접 확인했으니까 믿어도 괜찮다. 아는 사람은 다 알지만 동남아시아에는 탁월한 밴드가 정말 많다. 밴드 시장이 한국은 비교조차 안 될 정도로 크다. 꼭 한번 들어보기를 권한다.

어느덧 책의 마지막이다. 영화 〈몬티 파이선의 삶의 의미〉(1983) 속 대사로 마치려 한다. 내가 이 책을 통해 전하고자 했던 바가 다 담겨있다고 생각하기 때문이다. 영화에서 배우 마이클 페일린은 인생의 가장 큰

질문(삶의 의미는 무엇인가)에 대한 대답이 담긴
황금 봉투를 받고, 그 내용을 읽는다.

"음, 별거 아니다. 사람들을 친절하게 대하려고
노력하고, 가급적 지방을 적게 섭취하고 가끔은 좋은
책을 읽고, 산책도 좀 하고, 출신 국가와 신념이 다른
사람들과 평화롭고 조화롭게 살려고 노력하라."

다시 한번 되새긴다. 인생의 거대한 의미 같은 건 없다.
차라리 인생의 의미는 당신이 매일 경험하고, 더 나아가
관리할 수 있는 작은 것들에 의해 결정된다. 타인의
잣대나 가치관 없이는 자신의 위처조차 파악하지
못하는 꼴을 어서 빨리 벗어나야 한다. 인생의 가치가
적힌 보증서는 타인이 발행해 주는 게 아니다.
당신 스스로가 써내려 가는 것이다.

인생이 음악이라고 가정해 보자. 음악의 가치는 곡의
종결에 있지 않다. 음악의 의미는 그 음악이 연주되는
과정에서 발생한다. 그렇다면 음악이 연주되는 동안
당신은 노래를 부르든 춤을 추든 그 무엇이든 해야 한다.
음악이 다 끝나기 전에.

플레이리스트

이 책에서 언급된 모든 곡, 앨범 목록입니다. 모든 곡은
13페이지의 큐알코드로 감상할 수 있습니다.

01   일상과 생활

드링크

Zac Brown Band: 'Chicken Fried'
쿨: '맥주와 땅콩'
키썸: '맥주 두 잔'
바비빌: '맥주는 술이 아니야'
Landon Pigg: 'Falling In Love At A Coffee Shop'

소비

The Smashing Pumpkins: [Mellon Collie and the Infinite
Sadness](1995)

The Smashing Pumpkins: [Siamese Dream](1993)

The Smashing Pumpkins: Mayonaise

The Smashing Pumpkins: Disarm

Queen: [The Studio Collection](2015)

Harry Styles [Fine Line](2019)

작업실

김오키: '빛'

Roy Hargrove: 'Starmaker'

Roy Hargrove: [Earfood](2008)

Roy Hargrove: 'Strasbourg St. Denis'

David Sanborn: 'The Dream'

공간

신해철: [정글 스토리](1996)

허클베리핀: [오로라피플](2018)

U2: [All That You Can't Leave Behind](2000)

U2: 'Peace on Earth'

R.E.M.: [Monster](1994)

음악

Radiohead: [OK Computer](1997).

Radiohead: 'Airbag'

Radiohead: 'Paranoid Android'

Antony And The Johnsons: [I Am A Bird Now](2005)

Antony And The Johnsons: 'Hope There's Someone'

Coldplay: [Everyday Life](2019)

Coldplay: 'Orphans'
Coldplay: 'Arabesque'

집

Michael Bublé: 'Home'
김윤아: 'Going Home'
김윤아: [315360](2010)

운동

에픽하이: '막을 올리며'
에픽하이: '헤픈 엔딩'
에픽하이: [신발장](2014)
New Order: 'Crystal'
New Order: 'Regret'
New Order: 'True Faith'
New Order: '1963'
New Order: 'Dream Attack'
The Last Shadow Puppets: 'Aviation'
Arctic Monkeys: 'Brianstorm'
Arctic Monkeys: 'I Bet You Look Good On The Dancefloor'

잠

조규찬: '잠이 늘었어'
Michael Bublé: 'Feeling Good'
Kenny Barron, Dave Holland: 'The Oracle'

음식

Ebi Soda: 'Pseudocreme'

Hitsujibungaku: 'Eien no Blue'

Hitsujibungaku: 'Drama'

Hitsujibungaku: 'FOOL'

Hitsujibungaku: '1999'

Hitsujibungaku: 'More Than Words'

The Oscar Peterson Trio: 'Nigerian Marketplace'

커피

신해철: [슬픈 표정 하지 말아요](1990)

신해철: '슬픈 표정 하지 말아요

신해철: '안녕'

신해철: '인생이란 이름의 꿈'

신해철: '재즈 카페'

신해철: '나에게 쓰는 편지'

신해철: '길 위에서'

Blur: 'Coffee and TV'

3호선 버터플라이: '스모우크핫커피리필'

02 감정과 기억

가족

Herbert von Karajan, Wiener Philharmoniker: Brahms
'Symphony No. 3 In F Major Op. 90: Poco Allegretto'
Herbert von Karajan, Wiener Philharmoniker: Brahms

'Symphony No. 1 In C Minor Op. 68
Family of the Year: 'Hero'
Luther Vandross: 'Dance with My Father'
Richard Marx: 'Right Here Waiting'
Richard Marx: 'Now And Forever'

편지

김민기: '가을편지'
최양숙: '가을편지'
박정현: '꿈에'
이승열: '아무 일도 없던 것처럼…'

결혼

Maroon 5: 'Sugar'
The Police: 'Every Breath You Take'

건강

전유동: '호수'
New Trolls: 'The Seventh Season'
New Trolls: 'Concerto Grosso n.1: 2° Tempo: Adagio (Shadows)'
New Trolls: [Concerto Grosso Trilogy Live](2013)
McCoy Tyner: 'Fly With The Wind'

아름다움

Radiohead: 'You And Whose Army?'
Georges Brassens: 'Les copains d'abord'

John Lennon: 'Imagine'
Keith Jarrett: 'Köln, January 24, 1975, Part I (Live)'
로로스: 'U'

기록

The O'Jays: 'Back Stabbers'
Ezra Collective: 'The Philosopher'
Gustav Mahler: 'Symphony No. 2 Resurrection'

글쓰기

윤상: '소리'
윤상: [Insensible](1998)
윤상: [이사(移徙)](2002)
Elton John: 'Tiny Dancer'
Rachel Chinouriri: 'Robbed'

언어

이소라: '금지된'
이소라: '바람이 분다'
윤종신: '이별택시'
박재정, 규현: '두 남자'

드라마

한승석 & 정재일: '바리abandoned'
Cannonball Adderley: 'Autumn Leaves'
Cannonball Adderley: [Somethin' Else](1958)
Buckshot La Funke: 'Another Day''

허클베리핀: '눈'
허클베리핀: [The Light of Rain](2022)

서울

코나 (Feat. 이소라): '우리의 밤은 당신의 낮보다 아름답다'
어반자카파 (Feat. 빈지노): '서울 밤'
조용필: '꿈'

03 취향과 예술

취미

윤상: '달리기'
노땐스: '달리기'
David Guetta (Feat. Sia): 'She Wolf'
David Guetta (Feat. Sia): 'Titanium'
David Guetta (Feat. Sam Martin): 'Lovers on the Sun'
윤종신: '너에게 간다'

수집

Charlie Haden, Brad Mehldau: 'My Love And I'
Charlie Haden: [Sophisticated Ladies](2010)
Charlie Haden, Brad Mehldau: [Long Ago And Far Away](2018)
조영욱: '나의 타마코, 나의 숙희'
봄여름가을겨울: [Live1991-Live!](1991)

영화

Stevie Wonder: 'I Believe (When I Fall In Love It Will Be Forever)'
Aimee Mann: 'One'
Harry Nilsson: 'One'
Three Dog Night: 'One'
The Clash: 'London Calling'
T. Rex: 'Cosmic Dancer'
박중훈: '비와 당신'

요리

스텔라장: '평양냉면'
권나무: '튀김우동'
Japanese Breakfast: 'Be Sweet'

예술

노땐스: [골든힛트](1996)
신해철: [Myself](1991)
Beyoncé (Feat. Jay-Z): 'Crazy In Love'
The Chi-Lites: 'Are You My Woman(Tell Me So)'
Daft Punk: 'One More Time'
Daft Punk: 'Harder, Better, Faster, Stronger'
Edwin Birdsong: 'Cola Bottle Baby'
Kanye West: 'Stronger'

예술가의 방

윤상: '이사(移徙)'

윤상: '날 위로하려거든'

Radiohead: 'Paranoid Android'

Radiohead: [OK Computer](1997)

Queen: 'Bohemian Rhapsody'

Pink Floyd: [Dark Side of the Moon](1973)

빈티지

Amy Winehouse: 'You Know I'm No Good'

Amy Winehouse: 'Rehab'

잔나비: '뜨거운 여름밤은 가고 남은 건 볼품없지만'

Alabama Shakes: 'Don't Wanna Fight'

Daft Punk (Feat. Pharrell Williams): 'Get Lucky'

Pharrell Williams: 'Happy'

Chic: 'Le Freak'

Chic: 'Good Times'

Daft Punk: [Random Access Memories](2013)

The Black Keys: 'Weight of Love'

Vintage Trouble: 'Blues Hand Me Down'

패션

Madonna: 'Vogue'

The Alan Parsons Project: 'Sirius'

Dire Straits: 'Money for Nothing'

문구

The Beatles: [Sgt. Pepper's Lonely Hearts Club Band](1967)

The Beatles: 'She's Leaving Home'

The Beatles: 'When I'm Sixty Four'

The Beatles: 'A Day In The Life'

Michael Jackson: [Thriller](1982)

The Jackson 5: 'I Want You Back'

The Jackson 5: 'ABC'

The Jackson 5: 'The Love You Save'

The Jackson 5: 'I'll Be There'

Mariah Carey: 'I'll Be There'

Lady Gaga: [The Fame](2008)

나들이

넉살: '작은 것들의 신'

Tim Buckley: 'Phantasmagoria in Two'

Lomba Sihir: 'Sofa'

도서·영상물 출처

01 **일상과 생활**

드링크

021　《작가와 술》 올리비아 랭, 정미나 옮김 | 현암사

작업실

033　《정확한 사랑의 실험》 신형철 | 마음산책

공간

039　《달리기를 말할 때 내가 하고 싶은 이야기》
무라카미 하루키, 임홍빈 옮김 | 문학사상
040　《타이탄의 도구들》 | 팀 페리스 | 토네이도

음악

054　"Benedict Cumberbatch reads Sol LeWitt's
letter to Eva Hesse", Youtube, Leters Live, 2016. 9. 7

056 《Moral Clarity: A Guide for Grown-Up Idealists》
수전 니먼 | Random House

02 **감정과 기억**

편지

110 "[커버 스토리] 소설가 김훈 '나는 잡박이다'" |
채널예스

03 **취향과 예술**

수집

195 《작가는 어떻게 읽는가》 조지 손더스, 정영목
옮김 | 어크로스
199 《나의 충동구매 연대기》 김도훈 | 문학동네

요리

210 "우리 시대의 멘토 - 소설가 김훈" | NHN

빈티지

236 "Alabama Shakes - Don't Wanna Fight (Official
Video - Live from Capitol Studio A)", Youtube, Alabama
Shakes, 2015. 6. 8
239 "Vintage Trouble - Live on Late Show with David
Letterman", Youtube, Vintage Trouble, 2013. 7. 5

이런 건 왜 또 기막히게 생각나서

어쩌다 평론가가 된 음악 덕후 아저씨의
서른 가지 플레이리스트

1판 1쇄 발행 2026년 3월 31일

글 배순탁

펴낸이 송원준·김이경
책임편집 차의진
교정 기인선
디자인 상록
마케팅 문주원

펴낸 곳 (주)어라운드
출판등록 제2014-000186호
주소 03980 서울시 마포구 동교로51길 27 AROUND
문의 070-8650-6375
전자우편 around@a-round.kr
홈페이지 a-round.kr
ISBN 979-11-6754-061-4 02810